料理男子の愛情レシピ

犬飼のの

white heart

講談社X文庫

目次

イラストレーション／香林《こうりん》セージ

料理男子の愛情レシピ

1

千葉県船橋市西船《ふなばしにしふな》四丁目。牧野周《まきのあまね》の職場は、東京駅から三十分とかからない西船橋駅の近くにある。株式会社ＡＺクッキングが経営するＡＺクッキングスクール——その名のとおり料理教室だ。

「——っ、う……」

実習の前に男子更衣室でエプロンを着けていると、右肘《みぎひじ》に痛みが走った。

利《き》き手なのに参ったな……と思いつつ袖《そで》を捲《まく》った周は、包帯が緩んでいないかチェックする。今日から初心者向けの新しいコースが始まるというのに、肘を強打して鏡を割り、怪我《けが》をしてしまったのだ。今から約二十時間前、昨日の夜の話だ。

交際していた男の傲慢《ごうまん》な態度に耐えかね、別れ話を持ちかけたら手を上げられた。とはいえ殴られたわけではないのだが、肩を乱暴に摑《つか》まれて突き飛ばされ、彼の部屋の姿見に肘を打ってしまった。

夜間救急に連れていってもらった結果、幸い縫うほどの傷は負っていなかったのだが、打撲と切り傷の痛みが酷《ひど》く、肘を曲げるのがつらい。

傲慢とはいえ乱暴を働くタイプではなかった彼は酷く慌てて、結局この怪我のおかげで別れることに同意してもらえた。

かれこれ三ヵ月もタイミングを計っていただけに、この程度の怪我で話がついてよかったのだが、気分は晴れない。彼に対して未練があるわけではなかった。ただ、一年以上も真剣に付き合ったのに駄目《だめ》になったこと、この人とは上手《うま》くやっていけるかもしれないと思っていた時期もあったのに、やはり終わってしまったことを残念に思う。

相手にではなく、自分に対する失望だ。

「牧野先生、お疲れ様です」

ビルの二階にある更衣室を出ると、廊下にいた助手に声をかけられた。

調理師免許を取得して間もない彼女の名は惣田早苗《そうださなえ》。二十五歳の元ＯＬで、スクール支給の青いエプロンをしていなければ、生徒の群れに埋没しそうな雰囲気だ。

周は「お疲れ様」と返して、彼女と一緒に控え室に行く。

実習は午前、午後、夜の三回に分かれているので、誰がいつ出勤してきたのかはわかりにくい。挨拶《あいさつ》は常に「お疲れ様」がお決まりだ。

周は控え室のドアを開け、他には誰もいない八畳程度の部屋で進行確認を始める。

彼女は正面に座って、丁寧な相槌《あいづち》を打ちながら周の言葉に頷《うなず》き、メモを取ったり積極的に質問したりしてきた。周にとっては、熱心で組みやすい助手だ。

料理教室で働くにしてはメイクが濃いのが難だが、よく気がついて、今これがほしいと思った時に絶妙なタイミングで、さっと調理器具や器などを出してくれる。

そのわりに他の講師陣からは「時々ぼんやりしている」などと低めの評価をされているのが意外だったのでフォローしてみると、「牧野先生がイケメンだからに決まってるじゃない」と笑い飛ばされた挙げ句に、「モテるって得よね」と皮肉られてしまった。

このAZスクールは全国展開の大きなスクールではなく、千葉県内に三教室しかない小規模なスクールだが、年功序列で講師を決めるわけではないので、周にはやり甲斐《がい》のある職場だ。有名店の料理人としての経験は必要なく、助手をしながら先輩講師に目をかけてもらったり、頻繁に行われるアンケートで生徒の評判がよかったり、実習プランを決める考案会でアイデアを出したりすることのほうが大切だった。プロの料理人というよりは、料理教室の一講師としての適性を純粋に評価される。

周はまだ二十七歳だが、昨年末に講師に昇格した。

考案した献立を自ら教える機会を得たり、会報に載せる見本料理の制作を任されたり、順調にステップアップしている。

しかし今のところまだ、確固たる評価は得られていない。

周が生徒から好評なのも、女社長に可愛《かわい》がられているのも、すべて性別のせいにされている。実際そういった部分はあるので否定する気はないが、いつか性別など取っ払って、この人なら評価されて当然だ——と思ってもらえる講師になるのが目標だった。

「あれぇ、先生どっか怪我とかしました？」

「え……っ、なんでわかったんですか？　においとかします？」

「ちょっとだけですけど、病院っぽいにおいがしたんで。私わりと鼻いいんですよ」

早苗は「どうされたんですか？　今日の実習大丈夫ですか？」とさらに訊《き》いてきた。

まさか同性の恋人と別れ話をしていて、ちょっぴり流血沙汰《ざた》になりましたなどと言えるわけもなく、「部屋の模様替えをしてたら肘ぶつけちゃって……でも大したことないから大丈夫。ありがとう」と言って誤魔化《ごまか》した。

笑顔を向けたせいか、はにかむような表情が返ってくる。

自意識過剰なつもりはないが、好意を持たれているのは以前からわかっていた。

周は身長こそ一七〇センチ弱で高いとは言えないものの、三高が求められる時代ではないため、人畜無害に見えるらしい見た目は女性に評判がいい。仕事柄、平均以上に清潔に見えるよう心掛けているし、一日三十品目をしっかり摂《と》る食生活のおかげか、褒められるくらい肌が綺麗《きれい》だった。しかも料理上手で家事全般が得意ときている。

いわゆる草食系男子として人気があるのだ。特別美形というわけでもないのにイケメン扱いしてもらえる自分を、周は実に冷静に、「手頃に見えるんだろうな」と見極めている。高嶺《たかね》の花は手に入らないし、万が一手に入っても疲れそうだし、理想よりランクを下げて、楽なところで手を打とう……という、ガッツの足りない時代のモテなのだろう。

「牧野先生、生徒さんの中に男性がいますよ。珍しいですね」

「え、そうなんですか？　年配の方かな？」

「いいえ、若い人。二十五歳ですって」

周は名簿を受け取りながら、思わず「えっ」と素《す》っ頓狂《とんきょう》な声を上げてしまった。

名簿には夏川光司《なつかわこうじ》、二十五歳、男性、会社員とある。総務が持っている資料ほど詳しく書いてはいないので、個人情報はこれだけだった。

昨今料理教室に通う男性は珍しくないが、若い男性の多くは大手の男性専用コースなどに通う。このAZクッキングスクールのような小規模のスクールでは男性専用コースを開設するのは厳しいため、Webサイトや資料で『男性もお申し込みいただけます』と書いたところで滅多に男性の申し込みはなかった。あったとしても、家が近いからという理由でここを選んだリタイア組だ。奥さんに先立たれたとか、退職したら何もやることがなくて暇だとか、釣りが趣味なので魚料理のレパートリーを増やしたいとか、理由は様々だったが、少なくとも周が知る限り二十五歳の男性はいなかった。

「お弁当男子がレベルアップを狙《ねら》って……とかですかね？」

「お米の研ぎかたから教える初心者コースだよ。お弁当はこれからじゃないかな？」

「あ、そうですよね。うーん、謎《なぞ》の二十五歳……女子が大多数だってわかってて申し込んでるんでしょうし、女子に交じるのを気にしない乙女系男子な予感がしますね。それか出会いを求めてるモテない男子……いや、それなら女子に交じる度胸はないから、やっぱり乙女系男子ですね」

「――っ、そ……惣田さんの勘が当たるかどうか楽しみになってきたよ」

「とりあえずよかったですね。教室に男性一人だと淋《さび》しいですもんね」

「うん……まあそうかな。本当は同僚ができたらいいいんだけど……」

「え、そんなこと思ってたんですか？　一人のほうが人気独占できるじゃないですかぁ」

早苗はそう言いながら笑う。

悪意などまったく感じられない笑顔だが、結局のところ彼女の中にも、「牧野先生が人気なのは、唯一の男性講師だから」という認識があって、それは本人に向かって口にしても失礼でもなんでもないと思えるくらい当然なものなのだ。

――まあ……仕方ないか。講師になるのも早かったし、なってまだ三期目なんだし……青くさいこと考えずに仕事しよう……。

周は密《ひそ》かに深呼吸して、心を穏やかに保つ。目の前のことをこつこつこつ、ひとつひとつ大切にして頑張っていけば、そのうち必ずいいことがあると信じていた。

十月スタートの三ヵ月集中レッスン、『初心者スピード上達コース・木曜・夜の部』は、毎週木曜、午後七時から開かれ、合計十二回で終了する。

初回の今日は助手の惣田早苗が調理器具の置き場所やコンロの使いかたなど、教室の使用方法を説明したあとで、講師の周が挨拶をする予定になっていた。

それから米や包丁の研ぎかたの実演を行い、料理としては、豚のショウガ焼きと豆腐の味噌《みそ》汁、切り干しダイコンの煮物を作る。

生徒は全員初心者だが、それでもレベルの差はあるものだった。初回で時間内に三品作るのは人によっては大変ハードで、時々パニックを起こしたり自分にはついていけないと挫折《ざせつ》したりする人もいるので注意が必要だ。献立を考える講師陣には朝飯前のことでも、初心者にはいかに大変か、そのあたりをよく考えてフォローしていかないと楽しくもなんともない習い事になってしまう。

「牧野先生、そろそろお願いしまーす」

出欠を取る総務の女性が控え室に呼びに来たので、周は「はい、お疲れ様です」と言って席を立つ。古株の事務員である彼女は、「頑張ってね」と手を振りながら扉を閉め、一階の事務所に戻っていった。

周は控え室を出る前に姿見を見て、エプロンのねじれや髪の乱れがないかを確認する。食品を扱ううえに女性が相手なので、手や爪《つめ》まで入念にチェックして、乾き気味だった唇にリップクリームを塗った。上下の唇を合わせ、不自然に光らないよう馴染《なじ》ませる。

鏡をじっくり見ているからといってナルシストなわけではなかった。色白で線が細く、影が薄いと自覚している。早くに父親を亡くしたせいか、好みのタイプは年上の雄々しい男性で、自身もせめて細マッチョくらいになりたいと思っていた。

しかしそれは理想であって、現状とは程遠い。

控え室を出るとエレベーターホールがあり、開放されたガラス張りの扉の先にショップがある。調理器具や多数の料理本、自然食材が所狭しと並べられていた。

常にオープンしていられるほど人手がないので、実習中はレジが封鎖されている。ショップの横を抜けると右手にはA教室。生徒用の調理台は四台で、最大十六名用の小ぢんまりとした教室だ。

「皆さん初めまして、AZクッキングスクールにご入校いただきありがとうございます。『初心者スピード上達コース・木曜・夜の部』を担当しています、講師の牧野周と申します。今日から十二月十九日までの三ヵ月間……」

しんと静まり返った教室に入るなり全体に向けて挨拶をした周は、もっとも緊張するこの瞬間のためにあえて視線のピントを曖昧《あいまい》にしていた。

座っている生徒の顔を見ている振りをしながらも実はまともに見ておらず、微妙に逸《そ》らして頭の天辺《てっぺん》あたりを見ていたのだ。ところが一人だけ、座っていても明らかに背の高い生徒に目が留まった。顔をまともに見てしまったのだ。

「――っ」

女子、女子、女子の間から頭ひとつ分近く飛びでている彼――唯一の男性生徒、夏川光司、二十五歳。彼の姿を目にするまで、周はこの教室に男性が交じっていることをすっかり忘れていた。頭の中は、自己紹介の挨拶や今日の献立のことでいっぱいだったのだ。

――惣田さんの予想……っ、大外れだ……。

夏川光司は、女子に交じるのを気にしない乙女系男子でもなければ、出会いを求めるモテない男子でもなかった。女子の群れに囲まれることなど慣れっこで、黙っていてもモテてモテて仕方なさそうなタイプだ。

顔が整っているうえに清潔感があり、胸板が厚く肩もがっちりしている。

会社帰りらしく、ワイシャツの袖を捲って黒いエプロンを着けていた。

――二つ年下……しかもノン気っぽいけど……ああ、でも……カッコイイ……。

周はしばし時も場所も忘れて見惚《みと》れていたが、夏川が不思議そうな顔をした途端に我に返った。ふと見れば、助手の早苗が今にも「先生どうしたんですか?」と耳打ちしそうな顔をしている。あと数秒遅れたら確実に声をかけられていただろう。

「……あ、すみません。若い男性は珍しいので驚いてしまって」

そう言って取り繕うと、女子十五名がくすくすと笑いだした。

初心者コースの場合、ほとんどの生徒が料理教室は初めてということもあって、普通はもう少し緊張しているものだ。しかしイケメン効果で教室全体が浮き足立っている。

当の夏川も一緒になって笑っていた。

彼の素性はわからないが、体格や雰囲気からして体育会系の好青年に見える。

白い歯や白眼《しろめ》がキラッと輝きそうな印象だが、ハンサムではあっても、いかにも美形といった整い過ぎた感じではないのがまた、味があってとてもいい。近寄りがたい綺麗系よりも、むしろモテるタイプだろう。

今も女性陣の視線は夏川に集中し、同じ班になった三人のテンションは特に高かった。

そのうち一人はどう見ても夏川より一回り以上年上だったが、若くていい男と出会った女性の心は、年齢など軽々と越えられるようだ。今の周には、その気持ちがよくわかる。

包容力のある年上が理想のはずなのに、食指が動きまくって止まらなかった。

「改めまして、講師の牧野周と申します。牧場《まきば》の牧に野原の野で牧野、円周率の周という字を書いて、『あまね』と読みます。これから三ヵ月間よろしくお願いします」

周はなんとか仕事モードに切り替え、手元確認用鏡の下にある調理台の内側に立つ。

ここが定位置であり、一番気持ちが落ち着く場所——いわば講師の聖域だ。

周がしっかりと声を出したせいか、生徒も全員真面目《まじめ》な顔つきになった。

「ＡＺクッキングスクールでは、実用性抜群の家庭料理を基礎から学んでいただけます。三ヵ月後には習ったお料理を作れるだけではなく、自分なりのアレンジを加えたり新しい物に挑戦したりできるようになっているはずです。短い期間ではありますが、一生ものの知識と技術をしっかり身に付けていってください。そしてステップアップした暁《あかつき》には、是非もう一ランク上のコースも受講していただければと思います。まずはこの『初心者スピード上達コース』で皆様と一緒に頑張《がんば》って参りますので、よろしくお願いします」

周が料理教室の講師らしい笑顔で語りかけると、控えめながら拍手が沸き起こる。

夏川も拍手してくれていた。

周はまず手の洗いかたや、手洗いの重要性という当たり前の説明から開始し、本格的な実習に入っていく。米の量りかたを教え、ガラスボウルに米を入れて研ぎ始めた。

あとで生徒が食べる分は早苗が先に洗ってあるので、実演で使うのは二合分だ。手応えとしては物足りないが、母親と二人暮らしの周には手慣れた量だった。

「最初の水には糠《ぬか》が溶けだしていますので、放置せずにすぐ捨ててください。この濁った水を吸ってしまうとお米の味が落ちてしまいます。そのあとに出てくる白い濁りは、でんぷんによるものですから神経質に洗い流さなくても大丈夫です。皆さんの中には、無洗米しか使わない方もいらっしゃると思いますし、あれは時短《じたん》になっていいんですが、普通のお米もちゃんと研げるようにしておきましょう」

続いて、炊《た》く前に米に水を含ませる必要性を説明した周は、次に包丁の研ぎかたと持ちかたの実演をする。最近は安全で便利な道具があるので、本格的な砥石《といし》を使う人は減ってきているようだが、やはりこれが一番研いだ実感があり、仕上がりもよかった。灰色の石に十円玉二枚分ほどの角度をつけて、一方向に十回ずつシャッシャッと滑らせていく。

「包丁の切れ味が悪いと、それだけで料理の味が落ちてしまいます。食材の繊維を潰《つぶ》さずに綺麗に切ることは基本中の基本ですから、包丁の状態は常に気をつけてください。切れ味がいいと、タマネギを切った時も目に沁《し》みにくいんですよ」

包丁を研ぎながら話すと、「へぇ」や「そうなんだ……」といった声が聞こえてくる。まだ初回なので、こういった時に声を出せるのは友達同士で受講している人か、馴染みやすい性格の人だけだろう。

今のところ、夏川は静かに、とても真剣に周の手元を見ていた。

生徒の調理台は手前に二つ、奥に二つあって、夏川の班は後者だ。

講師の手元が見えにくいため、同じ班の女性は手元確認用鏡を見ていた。

この鏡は講師の調理台の端から端までを映しだす斜めの鏡で、天井から下がっている。鍋《なべ》を傾けなくても鍋底までしっかり見えるというわけだ。

後方の席の女性達は皆、首を上に向けて鏡を見ていた。それが普通だ。

しかし夏川だけは直接手元を見てくる。単に目線の高さの問題なのだろうが、それに気づいた途端、周は彼の視線を意識してしまった。

――眉《まゆ》とか、シュッとしてて凜々《りり》しいなぁ……目力強いし……爽《さわ》やかだけど、ちゃんと色気もある感じで……ああ、いいなぁ……。

包丁を研ぎながら何を考えているのかと反省し、周は切り干しダイコンの煮物の作りかたや出汁《だし》の取りかたの説明を始める。

いよいよ料理教室らしい内容になってきて、生徒の真剣さが増していった。

それでも今はまだ甘く見ているかもしれない。ここからが大変なのだ。

味噌汁の出汁の取りかたから切り干しダイコンを水で戻す方法、ニンジンや油揚げや豆腐の切りかた、調味料の正しい量りかた、そしてそれらを合わせて煮るところまで、周は一気に実演することになる。

その途中で、よい煮干しの見分けかたをホワイトボードに書いて説明したり、油揚げに味を染み込ませるために油抜きをする必要性や方法を説明したり、切り干しダイコンの戻し汁の旨味《うまみ》についてなど、豆知識を入れながらも手を動かし続ける。

結果的に長くなるので、「さあ皆さんも早速作ってみましょう」という段階になった時、まず何からやるのかわからなくなって、途方に暮れてしまう生徒がよくいるのだ。

つまり集中力と記憶力が物をいう。

スクール側としては焦らせるつもりも競争させるつもりもないのだが、自然と「同じ班の人に迷惑をかけないようにしなきゃ」「他の班に後れを取らないようにしなきゃ」という意識が働くため、手際の悪い生徒は焦ることになる。

「まずはここまで、皆さんでやってみてください。お配りしたレシピや副読本にも書いてありますので、行程を思いだしながら落ち着いて始めましょう」

周は切り干しダイコンの煮物に蓋《ふた》をして、タイマーをセットした。

そして生徒の調理台を回り始める。放っておくと足が夏川のほうに向きそうだったので、あえて反対側から開始した。仕事絡みの集中力には自信を持っていたのだが、今日は注意が必要だ。恋人と過激な別れかたをしたショックが残っているうえに、先程から何をやっても肘が痛い。

「竹中《たけなか》さん、猫の手がとてもお上手《じょうず》ですね。包丁を奥に滑らせるようにするともっと切りやすくなりますよ。あまり力を入れずに……そう、その調子です」

周は早苗と分担して調理台を回っていき、エプロンにつけられた名札を見ながらアドバイスをしていく。講師や助手が付きっきりにならなくても、一班四人なので自然と生徒同士でフォローし合う形になり、十六人なら二人でも回せた。

今も周や早苗が付いていない班では、比較的慣れている様子の年上の女性が、狼狽《うろた》える若い女性に手順を説明しながら落ち着かせている。初回はだいたいこんな雰囲気だ。

しかし慣れてくるとお互いに性格が読めるようになってきて、洗い物ばかりさせられる人や、独断で突き進む人が出てくるので、注意しなければならなかった。

そしてもうひとつ重要なことは、ここは調理師学校とは違って、楽しいお稽古事《けいこごと》としての教室であるということだ。彼女達は資格を求めているわけではなく、叱《しか》られる心積もりもない。だから講師は厳しくしてはならないのだ。

生徒というよりお客様として扱い、終了後は上のコースを受講したくなるようリードしなければならない。このあたりが料理教室の講師の難しいところだった。教える立場ではあるが、ほどほどに低姿勢を保ち、怒らないのは鉄則だ。

「あ、ショウガは繊維に沿って切りましょう。そちらからだと切りにくいですよね？」

周は遂に夏川の班に来て、彼に声をかけた。女性に声をかける場合は名札を見て、まず名前を呼んでから指導に入るが、「夏川さん」と言おうとしたら変に緊張してしまった。

彼は見た目からするとなんでも器用にこなしそうなタイプに見えるが、手つきは完全に初心者だ。おっかなびっくり切っているので、見ているとひやひやさせられる。

「あ……なるほど、それで切りにくかったんですね。先生はサクサク切ってたのに、力を入れても切れなくて……すみません、もう一度お願いできますか？」

「はい、いいですよ。ショウガは繊維が多いですから、方向を間違えると大変なんです」

周は見上げるほど背の高い夏川の横で、彼が使っていた包丁を手にする。

余程強く握っていたのか、柄に掌《てのひら》の温《ぬく》もりがじんわりと残っていた。

「千切りにする場合は薄く切ってずらして重ねて、こんな感じで切っていきましょう」

「おお、さすがですね。速くて鮮やかだ」

周としてはかなりゆっくり切っていたのだが、それでも速いと思われたらしい。明るい声で感嘆されて嬉しくなった。

周がこれまで付き合ってきた男は三人いたが、全員が六歳以上年上で——通い妻状態になった周がキッチンで何か作っていると、「おい、まだなのか？　腹減ったよ」と急かしてくるような男ばかりだった。

献立を考えて計画的かつ真剣に作っているのに、「適当でいいぞ」「簡単な物でいいからな」と言うのが優しさだと履き違えている男もいた。隣に立って真剣に包丁捌《さば》きを見ようなんて男は、一人もいなかったのだ。夏川は学びにきているので当然と言えば当然だが、じっと見られていることに悦《よろこ》びを感じてしまう。

「あの……先生、ショウガは皮だけ剝《む》いて下ろし金で下ろすんじゃ……」

千切り途中の周に声をかけてきたのは、夏川の正面にいた女性だった。

夏川と同じ班になって浮き足立っていたのは最初だけで、今はやらねばならないことの多さに焦っている様子の彼女の言葉を受け、周はバッと顔を上げる。一瞬、冷や汗が頰《ほお》を駆けそうになった。彼女達の手元には、千切りにされたオレンジ色の物体がある。

「そ、そうですよね……千切りにするのはニンジンでした……」

「あっ、そうだった！　すみません、俺が間違えたからっ」

そうだよ、ショウガは皮を剝いて下ろすんだよっ！　と、夏川ではなく自分自身を叱責《しっせき》したくなった周の横で、夏川が狼狽える。実際問題こんなことはご愛嬌《あいきょう》で、新しい食材を冷蔵庫から出してくれれば済む話なのだが、彼は何を思ったか周の肘を摑んで千切りを止めようとした。すでにもう手は止めていたのに、ぐっと摑んで制止する。

「うあ……っ！」

しばし忘れていた痛みが蘇《よみがえ》り、周は思わず声を上げた。押し殺したが、半分悲鳴だ。

縫わずに済んだとはいえ、切り傷プラス打撲を負った肘はまだまだ痛く、衝撃のあまり包丁から手を離してしまった。そして——絶対にあってはならないことが起きる。包丁はまな板の上で回転し、切っ先を下に向けて床に落ちた。助手がまめに研いでいる切れ味のいい包丁。それが宙を切って落ちていく。まさに一瞬の出来事だった。

「きゃあああ——っ！」

「うわっ、ち……っ」

最初に悲鳴を上げたのは近くにいた女性。ほぼ同時に夏川も声を上げた。

包丁は彼が履いている革靴に突き刺さり、そのままビィンと揺れている。刺さったのは甲のあたりで、それを目にした途端に周の血の気は一気に引いた。

信じられない、考えられない。まさか実習中に生徒に怪我をさせるなんて！　自分が人を傷つけてしまうなんて！　あってはならない、信じがたい現実だ。

「すみませんっ、すみません！　怪我はっ⁉」

教室中の注目を集める中、周は床に両膝《ひざ》をついて夏川の脛《すね》に触れる。下手に包丁を抜いてはいけない気がして、足を動かさないよう固定しながら彼の顔を見上げた。

「夏川さんっ⁉　痛いですよね、すみません！　すぐに病院に……っ」

「そんな大袈裟《おおげさ》な……このくらい平気ですよ、靴で止まってますし。安物のわりに頑丈にできてるみたいです。先生こそ大丈夫ですか？　思いきり摑んですみませんでした」

「いえ、でもっ」

当然痛そうにしたり怒っていたりするかと思ったが、彼は困惑した様子で苦笑《にがわら》いしているだけだった。それと同時に、包丁は勝手に倒れて抜け落ちる。

「あっ」

「大丈夫ですって、怪我とかしてませんから。俺は今からニンジン切りますから、先生は次のとこ回ってください」

「っ、とんでもないことをしてしまって、本当に……っ」

「いえいえ全然、弘法《こうぼう》にも筆の誤りってやつですね。これで多少失敗しても許される気がしてきたんで、楽になりました。そうですよね？」

夏川は包丁を拾ってから、先程悲鳴を上げた女性に向かって問いかける。

そのスマイルにやられたのか、彼女は「そうですねっ」とやけに高い声で返した。

「牧野先生、大丈夫ですかっ？」

騒ぎを聞きつけた早苗が飛んできて、血相を変えている。それも当然だ。こんなミスはあり得ない。幸い怪我がないとのことで、彼はシンクで包丁を洗いながら、「お騒がせしてすみません。また間違えたら、それ違うだろって突っ込んでくださいね」と女性達に笑いかけて和ませてくれているが、だからといってこの失敗をなかったことにはできない。

「先生、一旦《いったん》教室から出て、冷たいお水でも飲んで落ち着いてください。五分くらい私がなんとかしますから」

「いや……大丈夫。迷惑かけてごめん」

周は手や包丁を洗い直している夏川を見つめながら、早苗に謝る。

本当は彼に対してもっと真剣に謝りたかったが、せっかく和ませてもらった空気をまた堅苦しくしてはいけないので、実習のあとに改めて謝罪することにした。

初回の実習が終わり、生徒達はぐったりしながらも作った物を食べる準備をする。

周は見本料理を洒落《しゃれ》たランチョンマットに並べ、季節の花を添えて見映えよく整えた。

生徒達は見本の確認ついでに携帯を持ち寄って写真を撮り、「やっぱり先生が作ったのは美味《おい》しそう」などと称賛する。

このあと、講師は食事中の生徒に声をかけながら挨拶をして回り、一足先に教室を去ることになっていた。かける言葉は、「美味しくできましたか？」「何かわからない点はありましたか？」など無難なものだが、自分から質問できない生徒も多いので、とても重要な仕事だった。小規模なスクールだけに、唯一のんびりしているこの時間に密なフォローをして、満足して帰ってもらわなければならない。

食材の切りかたひとつにしても、「これはこうするのが常識」と教えるのではなく、何故そうするとよいのかを教えることで、しっかりとした裏づけのある技術と知識を身に付けてほしいと思っていた。それがスクールの方針であり、周自身の理想でもある。

「あの、夏川さん……もしお急ぎでなかったら食後にちょっとよろしいでしょうか？」

「あ、はい。大丈夫ですよ。やっぱ叱られるんですかね」

緊張しながら夏川に声をかけると、食事中の彼は笑いながら肩を竦《すく》めて見せた。

同じ班の女性達が、またしてもくすくすと笑っている。

「いえ、とんでもありません。足のことが気になって……そこのショップで待っていますから、少しだけお時間ください」

周は言いたいことだけ言うと、さっと目を逸らして女性陣に声をかける。

あんなことがあったので余計に意識してしまったが、そうでなくとも年のわりに鷹揚《おうよう》な雰囲気の彼を見ていると、ますます好みだと実感して胸が騒いだ。

彼はとりあえず今ここにいないものとして、周は味噌汁の出汁の味やショウガ焼きの焼き加減について、女性達と話し始める。煮干しで出汁を取るのは初めてという人ばかりで、一様に「勉強になった」「出汁入り味噌よりずっと美味しい」と感激していた。

初回ということもあって通常よりも長めに教室にいた周は、外のショップが開いたのを見計らって調理台の手前に移動する。

「皆さん、お食事中にすみません。本日はこれで失礼します。来週は秋にぴったりの茶碗《ちゃわん》蒸《む》しと、見た目も味もいい信田煮《しのだに》を作る予定です。また来週、お会いできるのを楽しみにしています。ショップのほうは今オープンしましたので、実習中に使ってみて便利だった調理器具など、是非ご覧になってください。本日はありがとうございました」

拍手を受けながら教室を去った周は、目の前のショップに向かい、レジの奥に入った。

実習が終わる時間に合わせて総務の人間がレジを開けるので、紙袋の整理を手伝う。

しばらくすると早めに片づけが終わった班の女性達が次々とやって来て、周が実習中に勧めたスクールオリジナルの計量カップを手に取った。レジに持ってくる女性もいる。

そんなこんなでショップがざわついているうちに、ようやく夏川が現れた。

その瞬間、女性達は一斉に彼に注目する。

エプロンを外し、秋物のスーツ姿で颯爽《さっそう》と歩いてくる彼は、長身も手伝ってとにかく目立っていた。特別派手な顔でもなければ気障《きざ》な恰好《かっこう》をしているわけでもないのに、なんとなく注目を集めるムードの持ち主だ。

「先生、お疲れ様です。片づけ諸々《もろもろ》終わりました。あの、ちょっとこちらに来ていただけますか？」

「……っ、お疲れ様です」

周はレジカウンターの後ろから出ると、レジに並んでいる女性達に会釈しつつ廊下に向かう。エレベーターホールを突っきって彼と共に控え室側に向かって歩き、その手前にある男子更衣室のドアを開けた。

「狭いですがどうぞ。倉庫を兼ねた部屋ですみません」

内側にある照明のスイッチを押すと、蛍光灯がチラチラと光りながら点灯する。

夏川は「失礼します」と言って中に入り、さりげなく室内を見渡していた。

スクールに男性職員は周一人なのできちんとした更衣室はなく、プラスティックの収納箱とロッカーの他に、スポーツクラブで使われるような、細長いベンチが置いてある。

「ロッカーひとつなんですね。男の先生は一人だけ、とかですか？」

「はいそうなんです。先程は本当にすみませんでした。傷つけてしまった靴を弁償させていただきたいんですが、何より怪我が心配で。本当に何もなかったんでしょうか？」

「ああ、全然大丈夫ですよ。靴だってほんとに安物だし。俺あんまりこだわりないんで、安いの買ってボロくなる前に交換するんです。だから気にしないでください」

「いえ、そういうわけには……あの、一応《いちおう》脱いで見せていただけませんか？」

こんなことを言うのは失礼かとも思ったが、周は実習の間中ずっと彼の足のことを気にしていた。一瞬とはいえ包丁が直立していた様子が脳裏に焼きついている。それに教室で使われる包丁は助手が尖端《せんたん》までしっかりと研いだ物だ。

「ほんとになんでもないんですけどね、じゃあ一応……」

夏川は「よっ」と声を出し、ベンチに腰かけた。一旦組むように上げられた脚は、目を瞠《みは》るほど長い。包丁で刺されたプレイントゥの紐靴《ひもぐつ》の踵《かかと》を摑み、揺らしつつ脱いだ。

「あっ！」

「……あ……っ」

声を上げたのはほぼ同時。周のほうが若干早かった。黒い靴下の甲の部分に穴が開いていて、そこから肌色が見えたのだ。その途端、夏川は何故か靴下を摑み、踵の位置が動くくらいずらした。穴はそのままだったが、覗く肌には傷ひとつ見えなくなる。

「何やってるんですか、ちゃんと見せてくださいっ」

「いや、なんでもないですから……ちょっと穴開いちゃっただけです」

「なんでもなくないですよ！　穴が開いてて怪我してないわけないじゃないですかっ」

周は居ても立っていられず、コンクリートの床に膝をつく。逃げる彼の足首を摑んで、

「失礼します」と言いながら靴下をずり下ろした。やはり甲の部分に血がついている。

「す、すみません！　やっぱり怪我を……っ、本当に申し訳ありません！　痛かったですよね、それなのに庇《かば》ってくださって……本当に、どうしたら……やっぱり病院にっ」

「いやいや、ちょっとチクッとしたかなぁってくらいだったんで、俺自身も見てびっくりですよ。このくらい日常的によくある程度だし、そんなに気にしないでください。髭剃《ひげそ》りとか失敗するとこうなるじゃないですか。いちいち病院とか行かないでしょ？」

夏川は笑いながらもどこか気まずそうで、爪先《つまさき》で丸まっている靴下を引き上げる。

怪我を負わせた立場からすると軽傷扱いはできないが、確かに病院に行くほどの傷ではないため、周は救急箱を用意した。ここは料理教室なので、一通りの物は揃《そろ》っている。

「洗浄液で洗って、ハイドロコロイド素材の絆創膏《ばんそうこう》を貼《は》っておきます。靴下一旦お預かりしますね。ちょっと冷たいけど我慢してください」

「ハイドロ……イド？」

周は夏川の靴下を再び脱がせ、ティッシュを足の裏に当てつつ、傷口用洗浄剤を患部に寄せる。チューッという音と共に、ボトルから細いシャワー状の液が出てきた。

「ハイドロコロイド、湿潤環境を維持して傷を早く治せるタイプの絆創膏です。箱ごと差し上げますので持って帰ってください。でも、もし痛んだり腫《は》れたりしたら必ず病院に行ってくださいね。もちろん治療費や靴代や、あと靴下代も……」

「いえいえ、そういうのほんとにいいんで。これくらいで色々言われるとかえって申し訳なくなるんで、マジで忘れてください。それに、あー……そもそもですね、先生が包丁を落としたのは、俺がニンジンとショウガを間違えた挙げ句に、先生の肘を強く摑んだからじゃないですか。完全に俺が悪いのに、弘法にも筆の誤りとか言ってすみません」

夏川は、ばつが悪そうな顔をして額を掻《か》く。

同じ男として彼の立場で考えれば、治療費だのなんだのと大袈裟にされるのはあまり気持ちのよい話ではない気がしてきて、周はどうしてよいかわからなくなった。

「でも、あれはやっぱり僕が……」

「こうやって、俺が悪いとか僕が悪いとか言ってると騒ぎが長引くだけだと思ったんで、とりあえず先生のミスみたいにしちゃったんですよね、咄嗟《とっさ》に。でもあとになってプロのプライド傷つけたんじゃないかと気になってました。ほんとすみません、無神経でした」

「いえ、そんな……」

彼はしゅんとした様子で項垂《うなだ》れ、「ほんとすいません」と繰り返す。

床に膝をついている周には彼の表情がよく見えて、思わず言葉を失った。

それでも首は動かせたので、「とんでもない」と口にする代わりに激しく横に振る。

そうしたせいなのか、それとも夏川の表情や言葉に何かが反応してしまったのか、顔がどんどん熱くなっていった。むず痒《がゆ》いくらいにカァッと血が上るのがわかる。

「先生、大丈夫ですか？　顔が真っ赤ですけど、やっぱり……怒ってます？」

「ちっ、違います！　怒ってません！」

怒るどころか、不謹慎にもなんだか嬉《うれ》しくなってます——喉《のど》まで出そうな言葉をぐっと呑《の》み込み、周は熱くてたまらない顔をわずかにそむける。

会話中は相手のほうを向いて話すのがマナーだということくらい重々わかっているが、今はとてもできなかった。

「ほ、包丁を落として、生徒さんに怪我をさせるなんて、前代未聞の話です。夏川さんが寛大な方でなかったら、僕は職を失っていたかもしれません」

「いやそんなまさか。これくらいでそれはないでしょ」

「いいえ、本当です。それに一瞬凍りついた教室の雰囲気も円く収めていただいて、本当に感謝してます。あの……お詫《わ》びがどうしても駄目なら、せめて何か、お礼をさせていただけませんか？」

やけにぎこちなくなってしまう手で絆創膏を貼り終えた周は、彼に靴下を返した。恐る恐る目を合わせると、夏川はすぐに笑顔を見せる。「お礼なんていいですよ」と返す彼の表情には、詫びの応酬が終わったことへの安堵《あんど》があった。

——ああ……ほんとに素敵だ。優しそうでカッコよくて、セクシーさもちゃんとあるんだけど……でもなんか可愛い。

二つしか違わないのに、若いっていいなと思ってしまう。女性にモテて自信のありそうなイケメンでありながらも、スレていない感じがした。

胸がきゅんとして、真っ赤な顔を見せているのがつくづく恥ずかしくなる。

あやしまれないよう自然に接したいのに、血流まではコントロールできなかった。胸の鼓動が頭の中で響いている。

「先生って、若く見えるけどおいくつなんですか？　料理人には男の人が多いけど、料理教室の先生はなんとなく女性のイメージだったんで、ちょっと興味があって」

「年は、二十七です。そうですね、確かに料理教室に男性講師は珍しいかもしれません。大手のスクールでは、有名店のシェフを迎えた特別コースなんかを開催しているところもありますし、うちでも時々企画しますけど……あ、僕はシェフ経験のない講師です」

周は彼が、自分に対してではなく料理教室の男性講師に対して興味を向けていることをわかっていたが、それでも彼の口から興味があると言われ、質問されることに興奮した。心躍るとはまさにこのことかと思うほど胸が高鳴り、声まで弾みそうになる。

「そうなんですか。じゃあこのスクールにずっと？」

ああ、さらにまた訊いてくれた――そう思うと頬が勝手に持ち上がる。ただの世間話に過ぎないのに、嬉しくてたまらなかった。このままなんでもかんでも根掘り葉掘り訊いてほしい。彼が望んでくれるならいくらでも答えたい。とにかく会話を長引かせたい。

「はい、調理師学校を出てから六年半、ずっとこのスクールで働いてます。でも講師歴はまだ浅くて、念願叶《かな》って去年講師になりました」

「おおっ、それはおめでとうございます。じゃあ俺、いい時に入校したんですね」

「え……？」

「先生の説明凄《すご》くわかりやすかったから。でもなんか羨《うらや》ましいな、俺はまだ希望の部署に配属されてもいないんで、夢を叶えた人はカッコイイなと思います。やっぱり子供の頃から料理とか好きだったんですか？」

「ええ、料理人だった父が中学の時に亡くなったんですけど、その前から僕が食事を作る係だったんです。家事全般好きでしたが、料理が特に好きだったので、この道に……」

周は靴を履く夏川を見ながら言うと、さりげない振りをして腰を上げた。

彼がさっさと帰るふうでもなく興味津々な顔をしていたので、極力離れてベンチに腰かける。横並びというよりは斜めに体を向かい合わせる体勢を取り、この会話がもっと続くことを願った。

「あの……褒めてくださってありがとうございます。夏川さんはどうしてうちに？」

「ああ、それは……まあちょっと迷ったんですけどね、男性専用コースがないし。これ、失礼な回答じゃなければいいんですが、家がこの近くなんです。あと毎週実習があるのも魅力でした。できるだけ自炊するって決めた以上、早くマスターしたかったんで」

「そうでしたか、お近くだったんですね。失礼なんてこと全然ないですよ。無理があると続けるのは難しくなりますから、通いやすい場所に教室があることは重要だと思います。これまで自炊されてなかったのに、急にマスターしたいと思ったんですか？」

夏川に興味があるのは事実だったが、周はとにかくこの時間を引き延ばしたくて質問を続ける。できる限り平静を装い、姿勢も表情も講師然とするよう努めた。

「春から一人暮らしを始めてしばらくはコンビニ弁当とか外食で済ませてたんですけど、スタミナのつく物食べても夏バテが酷かったんです。なにしろ母親が専業主婦できっちり作ってくれる人だったもんで、落差が凄くて。さらにもうひとつ、会社が食品関係なのに食の基本的な知識とか料理とか、積極的に学んでこなかったんですよね。そういうのある程度きちんと身に付けておかないと駄目だと思ったんです」

夏川は少し照れくさそうに語ると、「あっ」と声を上げた。

「さすがにニンジンとショウガの違いはわかってますよ。さっきは自分でも信じられないくらい混乱してて」

ますます恥ずかしそうに補足する彼が、周の目には甚《いた》く可愛らしく映る。

教室でのトラブルの際は余裕があるように見えたが、実際には間違いをかなり気にしていたのかもしれない。年齢以上に大人っぽい青年なのに、照れる姿は初々しかった。

「よくあることですから大丈夫ですよ。回を重ねていくと誰でも落ち着いてできるようになるんですけど……最初は競争みたいに慌ただしいんですよね。包丁とか熱湯とか危険な物を扱ってるので、できればあまり焦ってほしくはないんですが、どうしても……」

「そうですよね、包丁持って小走りとかしてて、これ結構《けっこう》危ないなぁと思いました。でも完成品はほんとに美味《うま》かったなぁ。料理を作るのってこんなに大変で、なのに食べるのはあっという間で……なんか、あれですね……自分でやると色々見えてきて反省しますね。母親の作った物を、もっとしっかり味わってちゃんとコメントすればよかったなぁとか、つくづく思いました。学生の頃なんか無言でろくに嚙《か》まずに早食いして、さっさと部屋に籠《こも》るとかそんな感じでしたから」

わかります——と思わず言いそうになったが、周の場合は自分が作る側だったうえに反抗期もなかったので本当の意味ではわからず、ただ微笑《ほほえ》みを返すだけになった。

しかしこういう話は生徒から時々聞くので、十分に想像がつく。一人暮らしを始めたり嫁いだりして、初めて感じる親のありがたみ、毎食作ることの大変さ。それを今しみじみ感じながら学ぼうとしている夏川に、好感を持たずにはいられなかった。

「あの……何かお礼をしたいんですが、何がいいでしょうか？　本当は靴とか靴下とか、プレゼントという形でも贈らせていただけたらと思うんですが」

「いやいや、そんなのはいいです。あ、でも、もしほんとに何かいただけるなら、先生の手料理が食べたいな……もちろんいつでもいいんで、予定が空いて暇だったりして、何かちょっと作ってやってもいいかなって気分になった時にでも」

「え、ぇっ？」

まさかの展開に周はぽかんと口を開け、無意識にエプロンの裾《すそ》を握る。

すると夏川は勘違いしたのか、「あっ、すみません！　プロに向かって何言ってんだろ、図々しかったですよねっ」と謝り、撤回する気配を見せた。

「いえっ、いつでも！　大丈夫ですっ、是非喜んで、なんでも」

もう、何を言っているのか自分でもわからなかった。

チャンスに縋《すが》りつくように口が勝手に動いてしまう。頭の中がピンクの花畑で埋まるという現象を、周は生まれて初めて経験した。そこに七色に輝く星まで飛び散り、更衣室兼倉庫とは思えないくらい世界が綺麗だ。最悪な事態から一転、何故こんなラッキーな話になるのか——俄《にわか》には信じられなかった。


周は退社前に別の校舎にいる社長に電話をかけ、実習中の事故に関する報告をしてから家に戻った。今後はもっと気をつけるようにとは言われたが、これといって大きな問題にならずに済んでいる。相手の出方次第では大事になっていたはずなので、周は改めて夏川に感謝していた。

自宅は西船橋から東葉高速鉄道で約十五分、さらに駅から徒歩十分の所に建つリノベーションマンションだ。外観が古いうえに手狭な部屋ばかりの３ＬＤＫだが、キッチンにはこだわっている。

周が料理人ではなく料理教室の講師という職業を選んだのは、元々は親のためだった。

有料通販雑誌の編集者として、一般の人よりも四時間ばかりずれた生活を送る母親に、学生時代と同じように三食作ってあげられる生活がしたかったのだ。朝食はボリュームのある焼き立てパンや卵料理、会社で食べる弁当は彩り豊かでヘルシーな物、夕食は消化によい和食を中心にしている。

周は手抜きとは異なる時短のコツを摑んでいるので、余裕のある時に日持ちするタネを仕込み、冷蔵庫や冷凍庫に保存していた。整然と並べられた保存容器には、和洋どちらにも使えるゴボウのバター炒《いた》めや、ひじきのゴマ煮、蒸し鶏、母親の好みに合わせた味つけ卵と手製の土佐醬油《とさじょうゆ》、焼きナスが入っている。冷蔵庫で数日保存できる物ばかりだ。

「あらまぁ、今日の卵焼きギザギザしてるわ。何これ、新技なの？　綺麗ねぇ！」

帰宅後すぐに入浴を済ませた周の母親、牧野和子《かずこ》は、ダイニングテーブルに載っている卵焼きの側面を覗《のぞ》き込む。

和子は家事全般が苦手な分、息子がすることに小まめに感動を示す母親だった。生来の性格も関係しているが、多少気を遣ってオーバーに褒めているのを周はわかっている。

仕事は母親のほうが忙しく、息子が家のことを全部するという――この家で当たり前になっていることを、いかにも当たり前にはせずに、きちんと労《ねぎら》ってくれる。そういう人と暮らしているせいか、周はつい交際相手に不満を感じてしまうのだ。

「新技じゃなくて昔からできるよ。包丁をね、このくらいの角度で立てて持って、数ミリずつずらして戻し、ずらして戻し……って、こんな感じでやると扇子みたいなギザギザの切り口になるんだ。華やかでちょっといいでしょ？」

ダイコン下ろしを載せた卵焼きの横で、周は手振りで技法を説明する。

そうしたところで和子が実践することはまず絶対にないのだが、今日はなんだか余計なことまでしてみたい気分だった。

「いつも普通に切ってるのにどういう風の吹き回し？　あと、このナムル美味しいわね、いくらでも入りそう。明日のお弁当の分もある？」

「とうみょうのナムルだよ。隠し味にニンニクをちょっと入れてあるけど大丈夫？」

「全然ＯＫ。しっかり歯磨きしてミントのタブレットでも舐《な》めときゃいいのよ」

「じゃあ入れておくね。あ、汁物は薄味だから当座煮より先がいいかも」

四種の根菜が入ったのこのこ汁を指差し、周は椀《わん》に口をつける。夜に塩分を摂り過ぎるのはよくないので、どれも薄味に調えてあった。

「あっちゃん、今日何かいいことでもあった？」

「っ、え？」

「なんとなく嬉しそうに見えたから。今日から新しいクラスが始まったんでしょ？　朝の時点では緊張してたじゃない」

和子の言葉に、周は思わず視線を逸らして口籠る。

誰が見ても親子だとわかるほどよく似た五十代半ばの母親は、化粧を落として寝間着にカーディガンという恰好でも、どこかキャリアウーマンらしい雰囲気があった。線が細いため男勝りという印象ではないのだが、眼力が強く洞察力がありそうな目をしている。

「生徒さんにカッコイイ人がいたんだ。年下なんだけど」

「あらチャンスじゃない！　よかったわねぇ、あ……あら？　だいぶ前から付き合ってる年上の人はどうしたの？　えーっと、何さんだったかしら？　やだわ、忘れちゃった」

「その人とはもう別れたから、思いださなくていいよ」

「えー別れちゃったの？　いつの話よぉ、昨夜も会いにいってなかった？」

「ううん、友達に会いにいってただけ。結構前に別れたんだ」

本当は昨夜です。昨夜会いにいって別れ話がこじれて夜間救急に駆け込む破目《はめ》になり、おかげで肘がまだ痛いんですよ——とはとても言えずに、周は苦笑して誤魔化す。

怪我をしたこと自体がプロとして失格なので、反省しなければならないのは承知のうえだが——もし病院行きになっていなかったら別れてもらえなかったかもしれないし、夏川からの、「先生の手料理が食べたい」という一言も聞けなかっただろう。運命と呼ぶのは大袈裟だが、怪我の功名には違いなかった。

――手料理を食べたいって……僕の感覚だと自分の家に来て作ってとか、家に招待してご馳走《ちそう》してほしいって意味だけど。夏川さんからはノン気のにおいがしたし、同性を家に誘うわけないよね？　あ、でもノン気だからこそ深く考えてないのかな？　年も近いし、料理教室の先生と家飲みできるような友達になっちゃえ……みたいなノリ？

あの時、舞い上がっていないで具体的に話を詰めればよかったと、周は早速後悔する。そもそもお礼という名のお詫びであり、詫びる側の自分が実現に向けて積極性を見せるべき話だ。なあなあにすると本気で謝る気がないかのように取られかねない。

スクールの規則では生徒と個人的にやり取りすることに問題はなく、一部の生徒を家に招いて個人レッスンをしている講師もいる。

生徒を奪わなければ、良識の範囲で自由はあるというわけだ。つまり問題は一切なく、先程の話の流れなら携帯のメアドを交換するのが自然だった。むしろそうしなければならなかったのだ。

――でも、もしかしたら……僕がしつこかったから適当に話を終わらせようとしただけかな？　本気で何か作ろうと考えるのは、空気読めてない感じ？

しかしそう考えるのは、誠実な夏川に対して失礼な気がして、周は黙々と咀嚼《そしゃく》しながら思考回路を絡ませる。これはなかなか難しい問題だと思った。お近づきになりたいが、社交性の高そうな彼の言葉を、どこまで本気にしていいのかわからない。

「あっちゃん、そのイケメンくんを狙ってるの？」

「え、っ……ま、まさか。違うよ、その人は普通の人だし」

「あら、人生なんて何が起きるかわからないわよ、頑張って。あっちゃんは肌綺麗だし、うちの編集長なんか女好きのはずなのに『周くん可愛いよねぇ』ってしょっちゅう言ってくるわよ。いい年のオッサンが鼻の下伸ばしちゃって」

「それはありがたいけど、今日会った生徒さんは年下だからね……本人もつやつやだし、若くて綺麗な女の子にモテまくりだよ。今日も他の生徒さん達に囲まれてた」

「あら大丈夫よ。初心者コースでしょ？　胃袋摑まえちゃえば男なんてイチコロよぉ」

「お母さん、胃袋摑まえたことないよね」

「私には奥の手があったの。どういう手かは訊いちゃ駄目よ」

和子は正面の席で豪快に笑いながら、「あー冷えたビールと焼きナス最高。あっちゃんの作った土佐醤油は風味がいいわぁ」と、あくまでも陽気に舌鼓《したつづみ》を打つ。

いかにも大らかな母親といった風情だが、何も好き好んで息子の性癖を受け入れているわけではない。男しか好きになれないことを自覚しながらも隠していた周が、恋人と車中キスなどしたせいで、和子は何もかも知ってしまったのだ。

そんなことをしたのは初めてだったのに、選《よ》りに選《よ》ってその日――和子は体調を崩して早退していた。当時住んでいたアパートの近くにあるコインパーキングの片隅で、ほんの少し唇を合わせただけだったのに、気づいた時には母親の姿が窓の外にあったのだ。

和子は泣きも怒鳴りもしなかったが、放心していたのは覚えている。唇や指先が微《かす》かに震えていたのも忘れられない。

それでも彼女は本当に冷静で強かった。そして周は弱く、謝罪しながら涙に逃げた。

結局周は、「孫の面倒なんて柄じゃないし、カッコイイ息子が増えるほうがいいわ」などという台詞《せりふ》を母親に言わせてしまったのだ。

あれから何年も経《た》った今では半分本気でそう思ってくれているようだが、あの時点では無理のある台詞だった。

その件だけではなく、仕事を掛け持ちして苦労していた時期も長かったので、母親には本当に感謝している。そして感謝を超えて、とても大切な人だと思っている。だから一生この人の傍《そば》にいて、美味しくて体によい物を作り続けたいと思っていた。

2

翌週の木曜日、今日が楽しみで仕方なかった周《あまね》は、午後の製パンコースで講師を務め、夜までの待機時間をそわそわしながら過ごした。

この一週間、夏川《なつかわ》のことを考えなかった日は一日もない。

そんな自分に気づくたびに、「恋人と別れた翌日に生徒さんに一目惚《ひとめぼ》れとか、駄目《だめ》だよ絶対。ないないない。しかもノン気だし」とそれはそれはしつこく言い聞かせたが、甘い感情はぽわんと、日に何度も訪れる空腹感のように湧《わ》いてくる。

周の初恋はノン気の男だったが、高校卒業と同時に告白してこっ酷《ぴど》く振られてからは、ノン気を好きになること自体なくなっていた。彼らは自分を拒絶する恐怖対象のひとつになっていたからだ。それなのに、今は心の矢印が一斉に夏川に向いてしまっている。

今日の実習のあとに声をかけ、携帯のメアド交換をするつもりで準備をしてきた。電話番号入りのＱＲコードを用意し、さっと表示できるようにしてある。

「皆さんこんばんは、講師の牧野《まきの》です。今夜もよろしくお願いします」

ビルの二階にあるＡ教室に向かった周は、実習後のあれこれを気にしながらも、夏川がいる『初心者スピード上達コース・木曜・夜の部』を開始した。

幸い欠席者はなく、一週間前とほぼ変わらない光景が目の前に広がっている。

違っているのは緊張感が和らいだことと、教室の中での人間関係だ。一度実習と食事を共にしたことで打ち解けた彼らは、隙《すき》を見てこそこそと楽しげに話している。

「先週は豚のショウガ焼きと豆腐のお味噌汁《みそしる》、切り干しダイコンの煮物を作りましたが、その後いかがですか？　どれか一品でも作ってみたという方は手を上げてください」

周の問いかけに、十六人中半数以上が手を上げる。その中には夏川の姿もあった。

目が合うと、彼は他の生徒とは違う表情を見せる。目配せというほどではないが、周と彼だけが知っている出来事があったからこその表情だ。

「熱心な方が多いようで大変嬉《うれ》しいです。まだの方も、まずは一品からでいいので試してみてくださいね。今日の実習のメニューが気に入ったら、もちろんそれでも構いません。今日は老若男女問わず人気の高い茶碗蒸《ちゃわんむ》しと、簡単なのに一見手が込んで見える信田煮《しのだに》、あとはうの花《はな》炒《い》りを作ります。うの花炒りは前回の切り干しダイコンの煮物と同様、冷蔵庫で三日くらいは保存しておけますから、マスターしておくと品数を増やせて便利ですよ。豚もも肉の薄切りが入っているので、意外とおかずにもなります。それと、おつまみにするアレンジ方法が副読本に載っていますので、ご自宅でチェックしてみてください」

周は熱心に聞き入る生徒達に向かって話しながら、夏川と何度も視線を合わせた。彼がこちらを見ているのだから当然だが、自分が視線を送れば必ずぴたりと合うという状況が嘘《うそ》のようで、何度も確認したくなってしまう。心臓の音がうるさくて自分の声量に自信が持てなくなり、もしや必要以上の大声で解説しているのでは……と心配になった。

「……え……っと、今日のポイントとして押さえたいのは、茶碗蒸しのなめらかさです。卵と出汁《だし》の割合を一対三にすることで口当たりがなめらかになりますので、あとは火加減に注意しましょう。なかなか固まらないからといって短気を起こすと、それまでの苦労が台無しになってしまいます。使用する器の大きさや厚みの影響も受けますし、蒸し器内の配置場所でも変わってきますので、竹串《たけぐし》などを使いながら慎重に確認してください」

一通り説明して手を洗った周は、講師用の調理台で茶碗蒸しの実演を開始する。基礎をしっかり学んで本格的に作ってほしいのはやまやまだが、時代に沿った時短料理の方法も紹介すべきだと思っているため、同時進行で電子レンジでの調理方法も説明した。あとで食べ比べをして、蒸し器で作ったほうが美味《おい》しいと実感してもらうことも大切だ。

実演が終わって生徒達が実際に作り始めると、教室の空気は一変する。二回目ではまだ焦りが抜けないようで、狼狽《うろた》える人も多かった。

周は早苗《さなえ》と分担して指導に当たり、高鳴る心音を抑えながら仕事に集中する。

そしてようやく、贔屓《ひいき》ではなく正当に夏川の近くに行ける時がやってきた。

彼は茶碗蒸しに入れる小海老《こえび》を手にして、皮を剝《む》いているところだった。背が高いのでやや猫背になり、チラシを折って作った簡易生ごみ入れに向かって作業している。

「夏川さん、先日はすみませんでした。足はもう大丈夫ですか？」

相当集中していたのか、夏川は急に声をかけられて驚いたような顔をした。

折り紙仕様の生ごみ入れからパッと身を離すと、背筋を正して笑顔になる。

「はい、なんでもなかったです。先日はこちらこそすみませんでした。あ……そうだ――あの絆創膏《ばんそうこう》、ほんと効きますね」

最後の一言は、こそっと耳打ちするように言われた。

今度は周が驚く番で、肩が思いきり上がってしまう。しかも顔が熱くなり、またしても赤面しそうだった。

「あ、先生。海老の背わたが上手《うま》く取れなくて。途中で切れないコツとかありますか？」

「はい。頭から二つ目か三つ目くらいの節に竹串を入れてみてください。軽く背を丸めて持つと抜きやすいですよ」

夏川は「はい」と言いながら早速海老の背を丸める。

言われたとおりにやろうとしているのはわかったが、いかんせん不器用らしい。背わたを竹串でプチッと切ってしまい、同じ班の女性達にくすくすと笑われていた。

「うーん、難しいですね……」

「慣れたら簡単ですよ。今日は一人につき小海老二尾しかありませんが、ご自宅である程度の数をこなしたらコツが摑《つか》めると思います」

「また家でやってみます。背わたって家庭でも必ず抜いて調理するものなんですか？」

「ええ、普通は抜きますね。しっかり加熱するなら背わたを抜かなくても大丈夫と言えば大丈夫なんですが、場合によっては砂っぽい食感になりますし、見た目が悪く衛生的にもよくありません。小海老をたくさん使う時はちょっと面倒ですけど、頑張《がんば》りましょう」

周の言葉に、夏川は「はい、勉強になります」と答え、切れた背わたをどうにか引っこ抜いた。ふと調理台の隅を見てみると、スクールで支給しているミニバインダーが置いてある。二回分のレシピがファイリングされていて、前回のレシピにはたくさんの書き込みがあった。実演中はメモを取っていなかったはずなので、帰宅後に書いたのだろう。

「熱心に勉強されてるんですね。ご自宅では何を作ったんですか？」

「全部作りましたよ、それも二回ずつ。やっぱり一回目より二回目のほうが上手くできるもんですね。食べてくれる相手がいないのが残念で」

夏川が答えた途端、女性達が「いないんですかぁ？」とすかさず話に入ってくる。

さらに「食べにいきたーい」と遠慮なしだ。三人の中で一番若い女性は周にまで視線を送り、「先生はご馳走《ちそう》する相手とかいるんですか？」と訊《き》いてきた。

「今のところ親だけです」

にっこりと笑って答えた周は、他の班の女性が「先生～」と呼んでいるのに応じる形で移動した。プライベートな質問に答える必要はないが、常に無難な回答を心掛けている。

講師もある程度は人気商売なので、ここで働く以上は性癖を隠し、なかなか縁がなくて残念という振りをしなければならなかった。

二回目の実習が終わって生徒達が食事をしている間、周は各班を再び回る。

夏川にばかり声をかけていると思われないよう、先に他の班の生徒に話しかけ、今日の実習での疑問点や料理の感想などを聞いていた。すると不意に、夏川の声が耳に入る。

彼は「懇親会《こんしん》？　今からですか？」と、女性に向かって確認していた。離れているので明瞭《めいりょう》には聞き取れなかったが、飲みに誘われているのは間違いない。そして夏川は、「その店知ってます。駅から近いし雰囲気もいいですよね」と答えたようだった。

——懇親会とか、行くんだ……じゃあ声かけられないな。

周は彼と約束していたわけではないのだし、凹《へこ》むのは筋違いだとわかっていた。

ノン気の男にとっては、同性のプロに手料理を振る舞ってもらうことよりも、女性達と歓談するほうが楽しいだろう。母親の和子《かずこ》から、「胃袋を摑め」などと言われたが、いくら料理が得意でも夏川にとって自分は恋愛対象外の人間に過ぎない。勝手に夢を見て舞い上がったら、墜落して痛い目に遭うだけだ。

「皆さん本日はこれで失礼します。来週は旬《しゅん》のサンマを三枚おろしにして蒲焼《かばや》きにしていただく予定です。魚を捌《さば》くのは初めてという方にもわかりやすくご説明しますので、一気にレベルアップを目指しましょう」

周は講師用調理台の前に立ち、まだ食事をしている生徒達に向かって挨拶《あいさつ》をした。

拍手を受けながら夏川と目を合わせたが、彼は他の生徒達と同じように手を叩《たた》いているだけだった。何か伝えたいことがあるようには見えず、手料理を作ってくれと言ったことなど頭の片隅にもなさそうだ。メアドの交換をしようとか、したいとか……そんなことはまったく考えていない顔をしている。

Ａ教室を出てショップを突っきり、エレベーターホールを抜けて更衣室に戻った周は、誰もいない室内で携帯の電源を入れた。

メールが一通入っていて、母親からだとわかる。

件名には『残業』の二文字。本文には『お仕事お疲れ様。記事の急な差し替えがあって今夜は遅くなります。夕食不要です、ごめんね！』と書いてあり、ぺこぺこと土下座《どげざ》する猫のアニメーション絵文字がついていた。文面から察するに、よくあるレベルの忙しさのようだ。本当に大変な場合は電報のように簡素になる。

自分の食事だけを作る際は洗い物が少なくなるよう、料理を１プレート《ワン》に盛りつけたりヘルシー丼《どん》にしたりと、ある程度楽な方法で済ませる周だったが、今夜は家に帰って何か作る気にはなれなかった。それでも時間を有効に使いたくて、エプロンをさっと外す。

これからの予定を決めると、和子宛《あ》てのメールを打った。『残業お疲れ様、了解です』のあとに、『献立考案のために居残ります。僕のが遅かったら先に寝てね』と続ける。

来季の献立はすでに決まっているが、その次のシーズンの考案会は来月上旬に開かれる予定になっている。春からのコースに相応《ふさわ》しい物を、講師だけではなく助手も含めて案を出していくのだ。見映えがして美味《おい》しそうで、受講を検討している生徒が「これを作れるようになりたい」と思うような物でありながら、実習時間内に作れて、教えやすいものが望ましい。もちろん材料費にも制限がある。一定の条件の下で、魅力があってバランスのよい献立を考えなければならないのだ。

周は更衣室を出て、一階の事務所に向かうために廊下を歩く。事務所には過去数年分の献立リストがある。それらをチェックしながらじっくりと考えるつもりだった。

「あ、先生。お疲れ様です」

「――っ！」

仕事をすると決め、気合を入れながら歩いていくと、視線の先のエレベーターホールから声がした。ホールには六人の女性と夏川がいる。彼女達も声をかけてくれたが、周の頭の中には夏川の声ばかりが残った。

「お疲れ様です。皆さん気をつけてお帰りください」

夏川が女性に囲まれて楽しそうにしている――ただそれだけで胸がじくじくと痛い。

自分はマイノリティであって、彼は普通。彼女達も普通。嫉妬《しっと》するなど、お門違いだとわかっていた。しかし感情に理屈は通用しない。

「先生、今からお茶するんですけど、ご一緒にいかがですか？　酒もある店なんですよ」

「え？」

夏川が笑顔で誘ってきて、周の心は揺れかける。誘いに乗れば携帯のメアドを交換するチャンスもあるかもしれない――ついそんなことを考えてしまった。

――でも、女の人と話してるところなんて見たくない。

この一週間ずっと、彼に会いたいと思っていた。喋《しゃべ》りたいとも思ったし、笑顔が見たいとも思った。でもそれはこういうことじゃない。他の誰にでもなく、自分に向かっている夏川の笑顔を見たかったのだ。

「お誘いありがとうございます。でも……」

実習中とは違い、彼を狙《ねら》って踏み込む女性達と駆け引きめいた会話などされたら、酷くつらくなるだろう。想像するだけで胸が痛くなった。

「まだ仕事が残っていますので、皆さんで楽しんでください。では失礼します」

どうにか笑うことができた。引《ひ》き攣《つ》っているかもしれないが、わかりはしないだろう。

周はエレベーターが下りてくる前に会釈して、階段室の鉄扉を開ける。一階で再び顔を合わせないよう急いで階段を下り、そのまま事務所に飛び込んだ。

「あら牧野くん、慌ててどうしたの？　お疲れ様ぁ」

「山口《やまぐち》先生、お疲れ様です」

周は事務所にいたベテラン講師、山口節子《せつこ》に挨拶する。急いでいた理由については何も答えなかった。節子も特に気にする様子はない。

講師用デスクは小さめながらも全員分揃《そろ》っていて、周の席はエアコンが直撃する中央にあった。三階のB教室を担当している節子の他には総務の女性が二人残っていたが、電話中だったので声はかけない。

「ねえ牧野くん、夏川光司《こうじ》さんてどんな感じの人？」

「えっ……な、夏川さんですか？」

二つ隣の席に座っていた節子は、どことなく周の母親に似た雰囲気の持ち主だ。年齢も近く、五十代半ばだったと記憶している。

「実習前にそこの廊下で擦れ違ったの。若い男性が入ったとは聞いてたけど、あんなイケメンだったなんてねぇ、クラス替わってほしいくらいだわ。一回だけチェンジしない？」

「山口先生が初心者コースじゃ勿体《もったい》ないですよ」

普段は「初心者コースは張り合いなくてつまんない」と言っている節子に、周は苦笑しながら返す。すると彼女はキャスターつきの椅子《いす》に座ったまま足で漕《こ》ぐように床を滑ってきて、「総務の人に色々聞いちゃった」と、やけに高めの声で耳打ちしてきた。

「彼、清花《せいか》食品で営業やってるんですって。家はここから十分足らずのとこみたいよ」

「清花食品？　チキチキラーメンの……」

「そうそう、大手とまではいかないけど中堅よりちょい上だし、歴史も古くて安定感あるとこよね。うちの娘がもうちょっと遅く生まれてたらどうにかくっつけたいくらいタイプだわ。こう……ガタイはいいけど暑苦しくない感じ？　あれはたぶん野球で作った体ね」

「そ、そうなんですか……よくわかりませんけど、夏川さんは見た目どおり爽《さわ》やかな好青年ですよ」

「やっぱり？　記入必須《ひっす》じゃないアンケートにも答えてたし、真面目《まじめ》な人なのかしらぁ？　マスターしたい料理はサーモンのマリネとイカの塩辛ですって、なんか面白いわー」

　総務が握っている個人情報と入校時のアンケート用紙を見たらしい節子は、うきうきと語る。思わぬ収穫に、周は座るのも忘れて目を瞬《しばた》かせた。

「サーモンのマリネとイカの塩辛ですか、なるほど。夏川さんのお母さんは塩辛なんかも買うより作るってタイプだったんでしょうね。本当に料理上手なのかも……」

「ちょっと牧野くん、何ぶつぶつ言ってるのよ」

「いえ……すみません。あ……夏川さんは真面目ですよ。今は初心者そのものですけど、頑張ってるので上達が早そうです。前回と比べて包丁を持つ姿が様になってました」

　周は椅子を引きながら答えると、サーモンのマリネとイカの塩辛の美味しい作りかたを考えていることに気づく。揃《そろ》って食卓に出す物ではないので、どうやって夏川にそれらをご馳走しようかというところまで考えが及んだ。

しかし本当に何か作る機会がやってくるかどうかはわからない。

夏川にとって、「先生の手料理が食べたい」という言葉は、一週間経《た》ったら忘れてしまうようなものだったのだ。そう決めつけるのは尚早かもしれないが、忘れているとしか思えない夏川の表情を思いだすと、どうしても気持ちが萎《しぼ》んでしまった。


明日は午後からの勤務なので、周は終電近くまで事務所にいた。予《あらかじ》め設定しておいた携帯のアラームが鳴るまで仕事をして、それから慌ただしくスクールを出る。

総務の二人も講師の山口節子も早々に帰ったため、独りで集中して献立を考えることができた。時折マリネと塩辛のレシピが頭を過《よぎ》ったが、何度も振りきってノートにプランを書き留めた。実際に作ってテストしたいプランが二本書けたので、明日の夜にでも自宅でテスト制作するつもりでいる。ストップウォッチを片手に黙々と作るのだ。

「ただいま。お母さんまだ起きてるの？」

自宅マンションに戻った周は、靴を脱ぎながらリビングに向かって声をかける。

廊下の向こうのリビングからは灯《あか》りが漏れており、テレビも点《つ》いていた。

「――っ、おかえりぃ」

スリッパを履いて廊下を歩くと、何か食べているらしい籠《こも》った声が聞こえてくる。

風邪《かぜ》予防に使い捨てマスクを着けていた周は、それを取った瞬間、家中に充満しているにおいに気づいた。インスタントラーメンの香りと、キムチ特有のにおいだ。

「お母さんっ、なんでラーメン？　夕飯食べてこなかったの？」

「しっかり食べる時間なかったのよ。お腹空《なかす》いちゃって」

「それにしたって、こんな時間にインスタントラーメンなんて胃によくないよ。これから寝るだけでしょ？　しかもキムチなんて刺激物まで入れて」

周はダイニングで独りズルズルとラーメンを食べている和子を見て、溜《た》め息をつく。もっと早く帰ればよかったと後悔した。献立の考案に必要な過去のリストは持ちだせるくらいのサイズなので、自宅でも仕事はできたのだ。

「ごめんね遅くなって」

「いいのよ全然。それにね、美味しくて体にいい物食べててもたまには食べたくなるのよこれ。あっちゃんの手作りキムチがまた合うんだわ。あと味つけ卵も入れたわよ」

「あ、それチキチキラーメンか……昔からよくアレンジして食べてたよね。僕にとってのおふくろの味はそれかもしれない」

「うわぁ、やあねぇ、それ責めてるの？」

「責めてないよ、確かに美味しいし。時々無性に食べたくなる味なんだよね」

洗面所に寄らずにキッチンまで来てしまった周は、シンクで手を洗う。

チキチキラーメンはお湯をかけるだけで作れる簡単な袋麺《めん》で、清花食品のロングセラー商品だ。

夏川が勤める会社の物だと思うと、今は空き袋を見るだけで切なくなった。

彼は実家を離れて一人暮らしを始めてから、手料理が恋しいらしい。そしてサーモンのマリネや手作り塩辛は、彼にとってのおふくろの味なのかもしれない。

そういう特別な物を作ってはいけないような、作ってあげたいような、複雑な気持ちが胸の中で渦巻いている。しかしどちらにしても作る機会はないかもしれないのだ。

「ねえ、今日って例のイケメンくんのクラスだったんじゃない？」

「っ、よく憶《おぼ》えてたね……うん、そうだよ」

「何か進展とかあった？」

「お母さん、男同士ってそう簡単にどうにかなるものじゃないんだよ」

シンクにあったキムチの容器を洗いながら、周は自分の中の気持ちを抑えようとする。

ゲイの溜まり場にでも行けば話は違うのだろうが、周はそういった場所は苦手なので、同性の恋人を作るのは簡単ではない。

しかも身持ちが堅く、何度か会って人となりをよく知り、交際することが決まるまでは体を許さない主義だった。ゲイとしては変わっている。そんな自分が、より難易度の高いノン気を狙ったところでどうこうできるわけがなかったのだ。

「彼は今日……同じ班の人達と一緒に、お茶だかお酒だかを飲みにいったよ。懇親会とか言ってたけど、合コンみたいな雰囲気に見えたな。――まあ、そんなもんだよ」

「あっちゃん、恋愛なんて男も女も同じよ。無理そうな相手でも諦《あきら》めちゃ駄目。お父さんなんかインテリでマッチョで酒豪で、お坊ちゃまで料理上手で、そりゃもうモテてモテて仕方なかったのよ。絶対無理って感じだったけど、私は諦めなかった」

和子は「完全に粘り勝ちね」と言って笑い、丼を手にしてスープを啜《すす》りだす。

その思い出話に誇張はなく、周の両親の間には今でいう格差があった。

父親は老舗料亭の息子で、母親は平均以下の貧しい家庭で育ったと聞いている。

結婚を猛反対された二人は駆け落ち同然で家を出て働かなければならず、料理人として飲食店を掛け持ちして働き続けた父親は、居眠り運転で帰らぬ人となった。雄々しく頼り甲斐《がい》のある人だったのに、ある日突然亡くなったのだ。

葬儀のあと父親の親族から罵《ののし》られ、遺骨を奪われてしまった和子は、周を抱いて、「この子だけは絶対に渡さない！」と叫んでいた。そのあとしばらく、「私のせいだ……」と泣きながら酒を飲んでいた姿は今でも忘れられない。

「お父さんから聞いた話と違うよね。お父さんは僕に料理を教えながら、『お母さんは僕の太陽なんだ。調味料にたとえるなら塩だね』とか言ってたんだよ。かなり真顔で――」

和子に向かって言いながら、周は「それ以上スープ飲んじゃ駄目」と制止する。

明らかに照れた顔をした彼女は、「はーい」と言いつつ器を置いた。

多くの苦難があったにしても、好きな人にとって掛け替えのない存在になれるのは幸せなことだ。母親に対して、息子の自分が「愛してる」と言ったなら、すぐに「私もよ」と返してくれるだろう。

それは疑いようのない、不変の愛だ。

そんな感情を他人とも交わし合えたら、人生は豊かになり、幸せは倍増するのではないだろうか。そこに向かって動く心を無理に止めるのは勿体ないし、諦める以前にまだ何も始まっていないのだ。

恋人と別れたばかりだからとか、相手がノン気だからとか……そうやって理由をつけて諦めることに力を注いでいる自分が、どうしようもなく弱虫で愚かに思えた。

——もうちょっと、頑張ろう。

周は自分の心に語りかけ、器をシンクに運ぶ。

来週また、携帯のメアドを交換できるよう頑張ろう——まずは友人でもいい。接近するところから始めて、それからどうなるかはあとで考えればいいのだ。

3

三日後の日曜日、周《あまね》は友人の沢木健次《さわきけんじ》に呼びだされて亀戸《かめいど》に来ていた。

健次は調理師学校時代の同期で、亀戸で創作居酒屋を経営している。景気が悪くて思うように客が入らないとか、新メニューを考案したとか、月に一度くらいはメールを送ってくるので、周も同じくらいの頻度で返していた。

今日は午後二時半から亀戸で街コンが開催される予定になっており、健次の店はそれに参加しているとのことだった。午前中に電話が来て、「バイトがインフルでダウンしたから手伝ってくれ！」と泣きつかれ、休みを利用して急遽《きゅうきょ》駆けつけることになったのだ。

「いやぁ、ほんとごめんな、急な話で」

周とほぼ変わらない体格の健次は、創作居酒屋ＳＡＷＡＫＩの店頭で周を迎える。何故か店に入れとは言わず、店内にいた誰かを呼びつけた。

「――っ！」

黒いシルエットが陽光の下に出てくるなり、周はぎくりとする。

現れたのは、背が高く体格のよい男で、ファッション雑誌に載っていそうなカジュアル服を大人っぽく着こなしていた。どことなく理知的な印象の一重瞼《まぶた》を持つ二枚目だ。

普通なら好感を持ちそうだが、ぎくりとしてしまったのは、彼がつい先日別れた恋人に似ていたせいだった。よく見ると違う点も多いものの、全体的な雰囲気が似ている。

「これ、うちの兄貴で智成《ともなり》。俺と違ってムカつくほどデカいんだよ」

健次の言葉に、周は驚きつつも少しだけ安堵《あんど》した。別人なのはわかっているが、誰かに明言してほしかったのだ。

「街コンは同性二人一組で参加するルールなんで、お前は兄貴と組んでくれる？　前回も出てるから勝手もわかってるし。兄貴、コイツは同期の牧野《まきの》。料理教室の講師なんだ」

「どうも、沢木智成です。弟がいつもお世話になっています」

「いえ、こちらこそ……は、初めまして……牧野、周です」

午後二時前の明るい路地で、周は健次が何を言っているのかわからず呆然《ぼうぜん》としていた。

自分は調理師免許を持っていて、健次は飲食店の経営者だ。バイトの代わりに手伝ってくれと言われれば、当然厨房《ちゅうぼう》の手伝いだと考える。もしくはフロア業務だろう。どちらも経験があるので不安はないが、いきなり街コンに参加しろと言われても困ってしまう。

「ま、待って……調理場に入るんじゃないの？」

「いや、俺そんなこと頼んでないぜ。あのな、街コンでは女性客を盛り上げないと集客に繋《つな》がらないんだよ。料理は店側の努力でなんとかなるけど……どうにもならないのがイケメン率なんだよな。やっぱこれが高くないと街コン自体の満足度も下がるだろ？」

「でもっ、電話ではバイトが病欠だって」

「バイトの大学生が兄貴と組んで参加する予定だったのに駄目《だめ》になってさ。お前は女受けする顔してるし、人当たりもいいしな。あ、もちろん参加費は俺が出すからな。女の子と適当に喋《しゃべ》りながら全店食べ放題飲み放題。そんなに悪い話じゃないだろ？　人助けするといい出会いにも恵まれると思うぜ。もちろんうちの店にも来てくれよな」

エプロン姿の健次は、「はい受付行った行ったぁー」と背中を押してくる。路地の向こうには人だかりのできているバーがあり、『街コン受付会場』と書かれていた。

健次に騙されたのか、それとも彼に悪気はまったくないのかよくわからないまま、周は智成と一緒に受付に向かう。ここで徹底拒否したら健次は困るだろうし、二人一組が参加条件なら、智成も困るだろう。開始時間が迫っている今、どうしようもなかった。

「ごめんね、うちの弟が無理言って。アイツ強引でしょう？　騙された感じ？」

「あ、いえ……何を手伝うのか確認しなかった僕も悪いですし、色々な飲食店を回るのは勉強になりますから。ただ勝手がわからないので、どうかよろしくお願いします」

「こちらこそよろしく。牧野くんは親切でいい人だね、見た目のまんまだ」

理知的でクールに見えた智成は、意外にも愛想《あいそ》よく微笑《ほほえ》んで受付の列に並ぶ。申し込み控えのメールをスマートフォンの画面に表示させると、「外で待ってて」と言った。

周は人でごった返すバーの受付を遠目に、智成を待つ。狐《きつね》に摘《つ》ままれた気分だったが、頭を切り替えて携帯を取りだした。ネットの検索画面で、『亀戸、街コン』と入力する。

近頃テレビでよく報じられているので知ってはいたが、改めて概要を調べてみた。

街コンというのは、簡単に言えば地域活性化を兼ねた大規模な合コンのことだ。

規模は様々だが数百人は集まるのが普通で、千人以上のものまである。基本的には会場近辺に住む参加者が多いため、出会いの場として有効なイベントとされている。

主催サイドの店としては、この機会に来店してもらってアピールするのが狙《ねら》いだ。

今回の場合は亀戸の駅周辺にある十六軒の飲食店が参加し、午後二時半から六時までという、集客力の低いアイドルタイムを利用して行われる予定になっていた。

「お待たせ。これ参加者用のリストバンド。嵌《は》めてあげるから左手出して」

「あ、はい。お願いします」

周はバーから出てきた智成に紙製のリストバンドを嵌めてもらい、「周くんて可愛《かわい》い名前だよね。そう呼んでいい？　俺のことも名前でいいから」と言われる。

目を合わせても同類とは感じられなかったが、どこか艶《つや》っぽい印象を受けた。長く付き合っていた元恋人と似ているくらいなので、好みのタイプではある。

「はい、大丈夫です。一緒に参加するなら友達設定とか必要なんでしょうか？」

「うん、今日初めて会った二人です……じゃサクラなのバレそうだし。周くんは俺の弟の友達だけど、弟よりもむしろ俺と馬が合って、今じゃ親友ってことにしよう」

いきなり親友設定は厳しいような気がしたが、周は「はい」と答えた。

そのまま二人で少し歩き、混雑しているバーから離れた場所で街コンマップを広げる。

イベントに参加している十六の店舗に番号が振ってあり、健次の店は三番だった。

「俺達が最初に行く店は十番だって。残念、三番だったらよかったのにな」

「行くお店って決まってるんですね。自由だと思ってました」

「最初だけは決まってるんだ。そうしないと偏るだろ？　一斉に乾杯して、四十五分間は移動禁止。そのあとはどこに行っても構わないんだけど……この中だとステーキハウスとイタリアンが人気ありそうだな。下手に回ると満席で入れなくて酷《ひど》い目に遭うんだ」

「智成さん詳しいんですね。沢木に……健次くんに頼まれて参加してるんですか？」

「そうそう、本当は合コンとか好きじゃないんだ。この街コンは若い子が多いし、ノリについていけなくて。三十五は年齢制限ギリギリだしね」

「三十五歳……健次くんと八つも離れてるんですね。確か二人兄弟でしたよね？」

「そう、二人だけ。だから頼まれると断れなくてさ。店の経営も楽じゃないみたいだし」

周は微苦笑を返しながらも、兄弟っていいな……と感じ、健次を羨《うらや》ましく思う。

健次は両親共に健在で、結婚して子供も一人いるので、大切に想い合える相手が五人もいるのだ。時折ふと、母親に万が一のことがあったらどうしようと考えては先が真っ暗に見えてしまう自分と比べると、安定感のある素晴らしい人生に思えた。

「周くん、どうかした？」

「あっ、いえ……なんでもありません。そろそろスタートのお店に行きますか？　十番はお寿司と魚料理のお店なんですね。これってラッキーな感じでしょうか？」

「ああ、そうだね。寿司屋は人気高そうだし、あとで混むかもしれないね」

周はマップを見ながら歩き、参加している店が奥まった場所にあることに気づく。こういう機会でもなければ新規の客を取り込むのが難しい、大通りから一本も二本も先の細い路地に面した店が多いのだ。

周と智成のスタート地点になる十番の店も、寿司・魚料理と書かれた小さな店だった。今日は使われないカウンターの他に座敷があり、イベント向けに座卓がくっつけられているため、八人用の席が二つある。まだ乾杯前だが、男女の楽しげな声が聞こえてきた。

「いらっしゃい。奥の席が二つ空いてるんで、靴脱いで上がってください」

カウンター内の店員に言われるまま、周は智成に続いて靴を脱ぐ。

座敷の右手には男女八人が座っていたので、軽く会釈をしてから左側を向いた。

――っ……え……？

次の瞬間、周は目を疑い、そしてすぐに他人の空似という可能性を考える。

二人分だけ空いた座卓の横に、見知った顔を見つけたのだ。夏川光司《なつかわこうじ》――間違いない。似ているわけでもなく、完全に本人だ。スーツ姿で同僚らしき人と並んで座っている。

「初めまして」

周は「夏川さん」と言いかけていたが、それを阻止する勢いで声をかけられた。

不自然なくらい大きく、きっぱりとした言いかただ。夏川の声に違いなかったが、彼は明らかに「初対面の振りをしてほしい」と要求していた。

「どうも初めまして、ここ失礼しますね。沢木といいます」

何も知らない智成は、夏川を始めとする六人に声をかけ、周に先を譲る仕草を見せた。

おそらく女性陣が予《あらかじ》め下座に着いたのだろう。奥一列に男四人が座る形になる。

周は夏川と智成に挟まれながら、女性達に向かって半ば放心状態で挨拶《あいさつ》した。

まだイベント開始時間になっていないため、乾杯はせずに自己紹介が始まる。

女性四人が次々と名前だけを口にして、そのあとに壁際にいる男性が「田岡《たおか》です」と名乗った。夏川の同伴者である田岡は、夏川の同僚か後輩かもしれない。参加者にスーツ姿の男性は見当たらなかったにもかかわらず、二人してスーツを着ていた。

「お二人は、お仕事だったんですか?」

周は一瞬の隙《すき》をつき、隣の夏川に訊《き》いてみる。すると彼はすぐに、「午前中に急な仕事が入りまして」と答えた。偶然同席した初対面の男に対する、無難な回答と表情だ。

周はもちろん余計なことを言う気はなく、「大変でしたね」とだけ返す。

料理教室に通っていることを、ここにいる女性達に知られたくないのだろうと思った。

まだ初心者で、料理を特技と言える段階ではないのだから、隠しておきたいと思っても無理はない。しかし淋《さび》しい気持ちはじわじわと押し寄せてきた。知らん顔をされたことがひとつ、そして夏川が女性との出会いを求めているという、当たり前と言えば当たり前の事実がひとつ——どちらも周には淋しく、せっかく会えたのに喜べなかった。肘《ひじ》が当たるほど近くに座っていても、なんだか遠く感じられる。

「お二人は食品会社の営業って言ってましたよね、どちらの会社ですか？」

並んで座っている夏川と田岡に向かって、女性陣が身を乗りだして質問した。

周や智成が来る前の話の続きのようだったが、奥の席の田岡が皮肉っぽい顔で、「まるでお見合いみたいですね」と返すと、女性陣は「すみませぇん」と科《しな》を作って謝る。

「沢木さんと……えっと、牧野さん？　お二人はお仕事何系なんですか？」

懲《こ》りない女性陣に問われ、智成は「公務員です」と即答した。その途端に彼女達の目が輝く。そして次は周の番だ。自分の答えなど誰も待っていない気がしたが、智成が詳細を濁したがっているのを察した周は、「料理教室の講師です」と答えた。

「え、凄《すご》い！　どこのスクールですか？　牧野さんみたいなイケメンに習いたいかもー」

食品会社の営業よりも公務員よりも話題として受けたのか、周は質問攻めに遭う。

実のところこういったことはよくあるのだが、智成同様、詳細を濁して躱《かわ》していると、家でも料理や家事をするのかと訊かれ、ハンターに値踏みされている気分になった。

「煙草《たばこ》いいですか？」

不意にそう言いだしたのは智成で、誰も止めなかったので灰皿を取ってテーブルの端に置く。乾杯前から吸いだしたことに周は少々驚いたが、女性達への受け答えを聞いているうちに——弟に頼まれたから参加しているだけで、初対面の他人に好かれたいとは思っていない人なのだとわかった。弟の友人である周に対する態度はともかく、女性陣に対して些《いささ》か態度が悪い。「話しかけるな」と言わんばかりの空気を、紫煙と共に放っている。

「あ、肝臓サポート系ドリンクだ。今のうちに飲もうかな」

飲み物を注文したあと、智成が興味を示したのは赤と白の小さなボトルだった。

周は彼に言われるまで気づかなかったが、醤油《しょうゆ》皿の横に一人一本用意されている。最近CMでよく見かける商品で、アミノ酸の他、生薬を配合した新商品だと記憶していた。

智成は「これ飲んでみたかったんですよね。宣伝用に提供してるのかな？」と言って、早速《さっそく》缶を振ってキャップを開ける。女性陣も続き、周も同じようにした。

「沢木さんは、こういうのよく飲まれるんですか？」

間に挟んだ周を飛び越え、夏川が智成に向かって訊くと、智成は飲みかけのボトルから口を離す。中身を少し残した状態で、まじまじと成分表を見ていた。

「時々飲みますよ。ウコンが入ってるやつもいいけど、これのほうが飲みやすいですね。がっつり酒飲む時はできるだけこういうのを飲むようにしてます——もう若くないんで」

「翌朝とか違いますか？」

「ちょっと違いますね。飲んでる最中もあまり酔わない気がするし」

夏川の問いに智成は淡々と答え、「元々あまり酔いませんけど」と付け足す。

そうしている間に、夏川の横の田岡が女性達に向かって、「どう？　美味《おい》しい？」などと訊いていた。五十センチほど離れた所にある隣のテーブルは何やら盛り上がっていたが、こちらのテーブルの話題は肝臓サポート系飲料のことばかりになっている。

「牧野さんは普段こういうの飲みます？」

「あ、いえ……初めて飲みました。さっぱりしてて美味しいですね」

夏川の質問に周は率直に答え、飲み終わった缶をテーブルに置いた。

同時に店員が乾杯用のドリンクを運んできて、どれが誰ので……と慌ただしくなる。

「乾杯ーっ」

街コン開始の合図と共に乾杯の声が響き、そして男女の駆け引きが始まった。

簡易お見合いのような会話が繰り広げられ、基本的には女性が質問して男性が答える。

周は夏川の隣に座りながらも、直接話す機会を持てなかった。八人一組の長い座卓とはいえ、会話はいつしか四人一組の形に割れてしまい、周は智成と共に目の前の女性二人と話しながら、時々隣に耳を傾けるしかなかったのだ。

どうにか聞き取れたのは、同伴者の田岡との関係と、出身地と動物の話題だけだった。

夏川は田岡よりひとつ上で、同じ会社の営業部に所属しているらしい。生まれも育ちも船橋《ふなばし》周辺らしく、大学の頃は亀戸にも時々遊びに来ていたと言っていた。動物はなんでも好きだが特に犬が好きで、女性陣に好きな犬種を訊《き》かれると、「保健所でもらってきた雑種しか飼ったことない」と、好感度が高いと言えば高いが、人気犬種を飼いたいと言っている女性にとっては話題に乗りにくい返しをしていた。

横に座っているとわかるが、夏川も田岡もそれなりに楽しそうにしているものの、目の前の女性に興味があるようには見えない。ずっと煙草を吸っていて口数が少ない智成と、性癖を隠して無難なことしか言わない自分も含め、このテーブルに並ぶ男四人は、あまりにもその気がなさ過ぎる感じがした。田岡に至っては、テーブルの下で何度も携帯を取りだしている。操作はしていないので、おそらく時間の確認だろう。

そして開始から四十五分が経《た》つと、待ってましたとばかりに一言――「先輩、移動可能時間になったんで二軒目に行きましょうか」と言いだす始末だ。

「牧野さん沢木さん、俺達は次に行きますんで。じゃあ、また」

唖然《あぜん》とする周に夏川はそう言うと、田岡と共にさっさと靴を履き始める。

めげない女性達が「二軒目はどこに行くんですか？」と訊いていたが、「二人でじっくり考えます」と笑って出ていった。

夏川達が去ったあと移動のタイミングを智成に任せた周は、一軒目の店を一時間少々で出て、短時間の間に二軒目、三軒目、四軒目と移動を続けた。

三軒目に行ったのは、健次が経営するＳＡＷＡＫＩで、周の目から見て、四軒の中ではＳＡＷＡＫＩが一番サービスもメニューもよかった。ドリンクメニューにビールを加えていたのもＳＡＷＡＫＩだけだ。他の三軒は、街コン専用メニューの中にビールを加えず、酒はサワーしか選べないようにしてあった。ここで赤字を出しても、絶対にリピーターを獲得したいという熱意が感じられるか否か、それは経営者の心意気にかかっている。

飲食時間が終了すると、大半の参加者がスタート地点のバーに集まり、ミラーボールやスポット照明の下で行われる打ち上げに参加した。紙コップを手にフロアで談笑しつつ、気になる相手と再会したり、連絡先を交換し合ったりしている男女の姿が目立つ。

「周くん、誰か気になる人でもいるの？」

智成に訊かれ、はっとした周は動きを止める。夏川を探していたのを自覚した。

「あ、いえ、お店の人も参加してるみたいなので、健次くんもいるかなって思って」

「残念ながらいないよ。健次の店は街コンが終わっても普通に営業してるしね」

「そ、そうですよね」

「弟が無理言っちゃったし何かお礼をしたいんだけど……ここを出て美味《うま》いコーヒーでも

飲まない？　近くのホテルの喫茶店に何度か行ったことがあるんだ」

「お礼なんていいです。結構《けっこう》楽しかったし」

周は本気で断るつもりで、すかさず「そろそろ失礼しようと思います」と言った。

コーヒーは大好きだが、この人はたぶん香り高いコーヒーを飲んでいる最中でも煙草を吸っているんだろうなと思うと、あまり気乗りしなかったのだ。ましてや別れた男と似た人と、正面を向き合って話したいとは思えなかった。

「まあそう言わないで、少しならいいでしょ？　せっかく知り合いになれたんだし」

街コン開始時点から口数が少なくなっていた智成は、今になって笑顔を向けてくる。

思えば今日最初に顔を合わせた時は、クールな雰囲気ながらも好感の持てる人で、結局本当はどういう人物なのか摑《つか》めなくなっていた。

――別れた人に似てるから嫌とかは、僕の勝手な事情だし……。

周は内心深く溜《た》め息をつきたい気分だったが、仕方なく誘いを受ける。友人の兄ということもあって、頑《かたく》なに断るわけにもいかなかった。

亀戸の駅から近いホテルに入り、周は智成と一緒にエレベーターに乗る。

一階のフロント前に喫茶店とバーの看板があって、どちらも八階だとわかっていたので

『8』のボタンを押したのだが――その途端に状況は一変した。

何故か『6』のボタンを押した智成が、「部屋で飲まない?」と訊いてきたのだ。

周はいきなり硬直し、まずは警戒する。それからすぐに自分の勘違いかと疑い、考えを改めようとするが、智成の顔を見ていると勘違いではないことがわかった。初対面の時はゲイには見えなかった彼は、今はガードを外して性癖を露《あら》わにしている。あえてそういう表情をされれば、同類だと確信できた。

「車で来たんで部屋を取ってたんだ。誰か連れ込もうなんて気は全然なかったんだけど、周くんを一目見て可愛いなと思って。一晩くらい理由つけて泊まれるでしょ?」

エレベーターが徐々に上がっていく中、周の血の気は引いていく。これが見ず知らずの他人ならここまで焦らないが、智成は友人の実兄だ。怒らせないよう丁重に断らなければならないが、それ以前に驚く段階から抜けていない周は、ただただ固まってしまった。

「同席した男をいちいち値踏みしてるんだもん、すぐわかるよ。俺は好みじゃない?」

自信満々に迫られ、周はエレベーターの隅まで身を引く。

正直なことを言えば、容姿や年齢的には好みのタイプだったが、付き合うまでは寝ない主義の周には彼の軽さが理解できなかった。ゲイとしては自分のほうが特殊だとわかっていても、無理なものは無理。合わないものは合わないとしか言いようがない。それに今は夏川に叶《かな》わぬ想いを抱いている最中だ。さらにもうひとつ――喫煙者なのは構わないが、他人の飲食の邪魔になる吸いかたをする人に、好意を抱くことはできなかった。

「智成さんは魅力的なかただと思いますけど、他に好きな人がいるので」

「そんなの気にすることないよ。付き合ってるわけじゃないんでしょ？　付き合ってても俺は気にしないけどね」

「僕は気にするんです」

エレベーターが六階に到着し、風鈴のような音を立てて扉が開く。

周は迫る智成の体からどうにか逃れ、『1』のボタンを押した。彼とコーヒーを飲む気はなくなり、今はとにかくホテルを出て駅に向かうことしか考えられない。

ところが『OPEN』と書かれたボタンを押しっ放しにされてしまい、扉は開いたまま閉じてくれない。目の前に広がるエレベーターホールに、半円のテーブルと花が見えた。

「健次には内緒にするし、しつこくする気もないから平気だよ。病気も持ってないしね」

「そういう問題じゃなくて、きちんとお付き合いしている人としか、できないので」

「何それ、そんなにお高くとまってんの？　今時女の子でも珍しくない？」

智成の嘲笑《ちょうしょう》が目に焼きつき、周は絶句したまま立ち尽くす。

しかしこういった言われかたをするのは初めてではなく、数秒後には我に返った。

智成が友人の兄であるためにダメージが異様に大きかったが、なんとか力を振り絞って車椅子《くるまいす》用の操作パネルに手を伸ばす。ボタンを連打すると、ようやく扉が閉まった。

エレベーターは上に向かい、智成は「やれやれ」と声に出して呆《あき》れ顔をする。

小馬鹿《こばか》にした表情からして、「君程度で、そんな贅沢《ぜいたく》言ってて相手が見つかるわけ？」と言わんばかりだったが、周には腹を立てている余裕はなかった。腕力に訴えて部屋に連れ込む気はなさそうなので、今はそれだけでよかったと思うしかない。

「僕はもう帰ります」

バーと喫茶店のある八階に着く寸前、周は俯《うつむ》きながら言った。

コーヒーを飲む気がなくなったことを意思表示して、彼から極力離れた位置に立つ。

「あんまり堅いこと言ってるとせっかくの縁を逃がしちゃうよ。寝てみないとわからないこともあるでしょ？」

智成が鼻で笑いながら言うのと同時に、エレベーターの扉が開く。

降りるつもりがなかった周の目に、喫茶店の入り口と、そこからこちらに向かってくる二人の男の姿が飛び込んできた。最小限の光に照らされた通路を歩いてくるのは、スーツ姿の男達――周は自分が思っている以上に動揺していてすぐには気づかなかったが、つい先程会った夏川と田岡だった。向こうが先に気づき、夏川が「先生っ」と声を上げる。

「夏川さん！」

「うわ、奇遇だな。よかったー、さっきは知らん顔してすみませんでした」

街コンの時とはまるで違い、夏川はまず笑顔を見せると、目の前で拝むようにパンッと手を当てた。田岡まで、「お知り合いだったそうで、すみませんでした」と頭を下げる。

周は流れでなんとなくエレベーターから降りてしまい、智成は降りず、田岡が戸惑った様子でとりあえず扉を押さえているという、妙な状態になった。

「ここだけの話ですけど、実は突然参加することになったサクラみたいな感じで……あ、沢木さんは降りないんですか？」

「降りるのは僕一人です」

周は狼狽《うろた》えながらもそれだけは言って、エレベーターから降りようとしない智成を一瞥《いちべつ》する。向こうも露骨に不機嫌な顔をしており、状況を察したらしい田岡が、智成に会釈をしつつ扉を離した。するとすぐに扉は閉じて、空間が仕切られる。

八階に残った三人はしばらく静まり、エレベーターはそのまま下がっていった。位置を示すランプが『6』で停まったので、智成は自分の部屋に向かったのだろう。

「なんか、今ちょっと空気悪くなかったですか？　喧嘩《けんか》でもしたんですか？」

「いえ、べつに……あ、親友とかいうのは嘘で、本当は初めて会った人だったので」

「あっ、なんだ、そうだったんですかー。先生もさっきの人も街コンとか参加するように見えないし、もしかしてサクラかなぁとか思ってたんですよ」

「先輩が料理教室に通い始めたことは知ってましたけど、まさかそこの先生と鉢合わせになるなんて凄い偶然ですよね。しかもここでまた会えちゃうし」

田岡も夏川同様に、街コンの時よりも遥《はる》かにいい笑顔を見せる。

「先生、行かれるのは喫茶店ですか、バーですか？」

「あ……喫茶店に、行こうかと」

周は八階に来た自分が「どちらにも行かずに帰ります」と答えるのは変だと思い、そう答えた。すると夏川は嬉しそうな顔をして、ずいっと一歩距離を詰めてくる。

「よかったら、ご一緒していいですか？　無視したお詫《わ》びにケーキセットご馳走《ちそう》します。田岡は甘いの駄目なんでケーキとか頼みにくくて、コーヒーだけで我慢したんですよ」

「え、いえそんな……っ」

「あ、先生も甘いの苦手ですか？」

「いえ、好きです。全然問題ありません」

智成によって沈められた気持ちが一気に浮上し、周の心はぐらぐらと酔いそうになる。

そうこうしているうちにエレベーターが到着して、周は夏川と共に田岡に別れを言ってから、喫茶店に足を向けた。

会計を終えて去った夏川が相手を変えてすぐにまた入店したせいか、迎えた店員が一瞬微妙な顔をしてから笑顔を作る。夏川も苦笑を返し、勧められるまま奥の席に向かった。

「ここで先生に会えてほんとによかったです。連絡先とか知らないし、木曜の夜まで会えないと思ってましたから。けど本当はできるだけ早く謝りたかったんです」

「いえ、そんな……もしかしたら何か事情があるのかなって思いましたし」

周は嘘《うそ》を言ったわけではなかったが、それでも本心では、夏川と田岡をサクラとまでは思っていなかった。内心かなり嬉しくなる。好きになった男が、女性との出会いを求めて街コンに参加していたのでは、いくらなんでも切ない。夏川がノン気なのはわかっているものの、好んで出会いを求めている姿は見たくなかった。

「とりあえず注文しちゃいましょうか。なんでも好きなの頼んでください」

「はい。あ、ご馳走するとかいうのはなしでお願いします。夏川さんと……こうしてお話しできるだけで嬉《うれ》しいです。それに元々飲みたかったし、甘い物も食べたかったので」

「そうですか？　じゃあ割り勘で……なんかすみません、あ、俺もほんとに嬉しいです」

周はかなり勇気を出して、男が男に対して通常言わない、「お話しできるだけで嬉しい」という言葉を口にしたのだが、軽く受け止められてそのまま返されてしまった。少し拍子抜けしたが、それでよかったのだと思い直す。開いたメニューの一ページ目に載っていたチョコレートシフォンケーキとコーヒーのセットを選ぶと、彼も同じものにした。

「食品会社勤務って言ったのは本当で……あ、教室でも言いましたよね。俺も田岡も清花《せいか》食品で営業やってるんです。チキチキラーメンが有名なんですけど、ご存じですか？」

「はい、もちろん知ってます。うちのスクールで使ってるベーキングパウダーも、自宅で使ってるのも清花食品の物ですよ。あと乾麺《かんめん》もいくつか。チキチキラーメンも好きです」

「ありがとうございます。よかった、先生もインスタントラーメンとか食べるんですね。あれは個人的にも好きな商品なんで、嬉しいです」

正面の夏川は言葉どおりの笑顔を浮かべたあとに真剣な顔をして、「それでですね……」と核心に迫る。空いている店内をさっと見回してから、少しだけ身を乗りだした。

「今日の街コンで配布されてたドリンク……肝臓サポートのやつですけど、あれもうちの商品なんです。宣伝のために都内で開催される街コンに無料提供してましてて」

「そうだったんですか、すみません……気づきませんでした」

「あ、全然いいんです。イメージ戦略で、社名はあえて強調してないんですよ」

夏川はそう言うとスーツのポケットを探り、そこからスティック状の袋を取りだす。

そのタイミングで店員がケーキとコーヒーを運んできたが、構わず「これは顆粒《かりゅう》タイプです。サンプルですけど持って帰ってください」と言って差しだしてきた。街コンで配布されていたドリンクのボトルと同じデザインで、手に取るとサラサラと音がする。

「すみません、ありがとうございます。お言葉に甘えていただきますね」

「ドリンクより効き目は弱いですけど、是非試してみてください。あ、ここのケーキ結構大きいですね。美味そうだな。いただきます」

夏川に続いて周も「いただきます」と言って、シフォンケーキにフォークを入れた。

見た目こそ大きいが、生地はふわふわとしていて軽い。それでいて練り込まれたビターチョコレートの味は濃厚だった。一緒に置かれたコーヒーの香りも、とても芳《かぐわ》しい。

「うん、美味いですね。まあ……そんなわけで、俺と田岡は単に納品で来ただけだったんです。ところが主催者さんに参加するよう頼まれて、上に相談したら参加して生の感想を聞いてこいなんて言われるし――実はこういうこと、これで二度目だったりします」

　夏川は参加を頼まれた理由を明確にはしなかったが、主催者側の沢木健次からサクラを頼まれた周には、考えるまでもなくわかる。夏川は間違いなく女性受けがいいし、田岡も平均以上にモテそうだった。イケメン率を上げたいなら、二人を逃す手はないだろう。

「打ち上げには出ませんでしたけど、遅くなったんで直帰してよくなって、さっきここで感想をまとめてたんですよ。――ところで先生、さっきの人とは初対面なんですよね？」

「はい……調理師学校の同期が店を経営していて、お手伝いを頼まれたので調理場に入るつもりで来たら、あの人と組んで参加してくれって……もう、びっくりでした」

「あ、わかった！　創作居酒屋ＳＡＷＡＫＩの関係者とか？」

「す、鋭いですね。どうしてわかったんですか？」

「名前が沢木さんだし、それにガンガン移動して七店舗も回りましたけど、あの店が一番よかったんですよね。先生の友達の店なら、あのくらいちゃんとしてないと駄目ですよ」

　夏川はコーヒーカップを手にしながら、得意げな顔をする。

　その言葉と表情が嬉しくて、周は黙ってはにかんだ。

「ああいうイベントを生かせるかどうかって、経営者の心意気次第ですよね。失礼だけど普段暇そうな店も街コンでは満席になるわけだし、ここで売り込まなくてどうすんだって思いますよ。ＳＡＷＡＫＩさんは赤字を出してもリピーターを獲得しようって気概が感じられて好感度高かったなぁ……ビールも飲み放題だったし、グラスも冷えてたし。中には紙コップやアルミ皿で出す店まであって、模擬店かよって突っ込みたくなりましたよ」

周の気持ちはシフォンケーキのようにふわふわとしていたが、夏川の話に冷静になる。

食品会社の人間だけあって、見るべきところはしっかり見ているようだった。

「僕もそう思いました。コストを抑えようとして、かなり残念なメニューしか提示していないお店もありましたからね。どこも表通りに面してないし、参加者はこの近くの人が多いわけですから、アピールしてまた来てもらうチャンスなのに……勿体《もったい》ないです」

「先生と同じ意見で嬉しいです。営業ついでにあちこちでよく食べるし、料理教室に通うようになってからますますコストとか手間とか考えるようになって……手つきはまだまだ超初心者ですけど、意識は早速変化してるんですよ」

「手つきだって変わってきてますよ」

「ほんとですか？」

夏川は笑いながら左手を丸め、包丁を使う仕草をする。「苦手なんですよねぇ、猫の手。理屈はわかるけど怖くって」と言って、刃の側面に当てる関節を撫《な》でた。

「包丁を上手に使えるのが一番ですけど、いいスライサーもありますからね。ご自宅では無理をしないで手を抜けるところは抜いてください。真剣にやり過ぎると疲れちゃうし、ちょっと楽をして長く続けてもらえたほうが嬉しいんです。真面目《まじめ》な生徒さんほど完璧《かんぺき》を求めてつらくなっちゃうみたいで、時々心配になります」

「あー……なんかわかる気がします。基本をしっかり習得したら、加減もいい感じにできるんでしょうね。でも今はとにかく真面目にやりますよ。大丈夫です、挫折《ざせつ》とかしませんから。木曜日の夜の担当が牧野先生でよかったです」

同性だから気が楽だという——ただそれだけのことかもしれない……少なくとも、仕事絡みの話に過ぎないとわかっていた。それでも嬉しくて、周は落ち着きなくケーキを口に運ぶ。食べているから何も言えない振りをして、返す言葉を大急ぎで探した。

「さっきの沢木さんて人、なんとなく先生とはジャンル違いな感じがしたんですよね」

周が言葉を見つける前に、夏川は話題を変える。むしろ戻したと言えるかもしれない。

「なんか友達っぽくないなって思ったんです。年齢とか関係なく、雰囲気かな？　まさか初対面だとは思いませんでしたけどね」

周の中で沢木智成の印象は相当に悪くなっていたので、ジャンル違いという言いかたをされてよかった気はしていた。しかしその反面、「あの人と僕は同性愛者で、夏川さんこそジャンル違いなんですよ」と思ってしまう。そう思いたくはないが、事実そうなのだ。

「あ、なんか失礼なこと言ったかな？　俺としては先生を上げてるつもりですよ。いや、べつに沢木さんを下げてるつもりもないけど、ああ……変なこと言っちゃったな」

「ありがとうございます。失礼なことなんて何もないですよ」

「すみません、俺たぶん……あの人と先生が無関係で、しかもサクラ参加でよかったとか思ってるんだろうな。だからなんか舞い上がって余計なことまで言ってるんだ」

「え、ど……どうしてそんな」

「先生は俺にとって真面目で理想の先生なんで、女にガツガツしてほしくないなぁとか、ひっきりなしに煙草吸ってる人と仲いいとか違和感あるなぁって思って」

夏川はそう言った直後に、「あ、沢木さん下げちゃった」と言ってぺろっと舌を出す。普通にしていれば年下っぽさは感じないが、こんな表情を見ると二十五歳男子の若さを感じられた。

「そういうふうに見えてるならよかったです。真面目なのは否定しません」

周は智成に言われた言葉を思いだしながら、夏川に向かって微苦笑する。

男同士は性に関して女性よりも直球で、ゲイの集まる場所に行けば、初対面でベッドを共にすることも珍しくはない。最初から真剣交際を求め、貞操観念に囚《とら》われているゲイは珍しい部類だ。真面目というより、つまらないタイプといえるだろう。

「さっき、なんか空気悪かったですね。顔色も悪かったけど、もう平気ですか？」

「っ、ええ……夏川さんに会えたおかげで、もうすっかり元気です」

周は何かあったとも言わずに、控えめな笑みを返した。

男二人がホテルのエレベーターの中で険悪な雰囲気になり、一人は何故か降りず——という妙な状況を見せてしまったのだから、何もなかったと言っても嘘くさいだけだろう。ゲイ同士の諍《いさか》いだと疑われないことを祈りつつ、周は黙ってコーヒーを飲んだ。

「そうだ……先生、あの約束ってまだ有効ですか？　手料理をご馳走してもらう件です。本気にするのは図々しいかなとは思いつつ、俺かなり楽しみにしてるんですけど」

不安の渦中にあった周は、突如がばっと顔を上げる。カップを置こうとして、うっかりカシャンッ！　と音を立ててしまった。しかしそんなことを気にしてはいられない。

「も、もちろんです！　僕も凄く楽しみにしてますっ」

「よかった。じゃあメアドとか交換してもらっていいですか？」

「是非、是非お願いしますっ」

夏川が携帯を取りだすと同時に周も携帯を出し、パスワードロックを解除した。

これまでに三人の男と真剣に交際してきたが、心がこんなに舞い上がったのは初めての経験だと、自身に嘘偽りなくいえる。好きな男とだけ付き合ってきたし、ときめくことも嬉しいことも何度もあった。でもこんなに血液が急上昇するような感覚は初めてだ。

「食べたい物とか、なんでも遠慮なくリクエストしてくださいね」

周は携帯を夏川に向け、電話番号入りのQRコードを読み取ってもらう。こんなこともあろうかと、開きやすい状態にしておいたのだ。

夏川は読み取りアプリを使い、「牧野、あまね先生でしたよね？　えーっと、円周率の周でしたっけ？」と確認しつつ、自分の携帯に周のデータを登録した。

「夏川さんは光司さんでしたよね？　光に司《つかさど》る」

「はいそうです。こういう時思うけど、先生が同性でつくづくよかったなぁ。女の先生にメアド教えてなんて言ったら、コイツ絶対下心あるだろって警戒されますよね」

一連のやり取りが嬉しくてたまらなかった周に、彼は「メール送りますね」と罪のない笑顔を向ける。

恋愛対象外――はっきりとそう言われた気がして、周は「はい」と言うなり俯いた。

目の前で夏川が自分宛《あ》てのメールを打っていて、彼からの初メールが届くのをわかっているこの状態を、幸せだと思う。確かに思うけれど、越えられない壁がテーブルの中央に立ち塞《ふさ》がっている気がする。またしても、夏川を遠くに感じてしまった。

4

翌週の金曜日、周《あまね》は夏川《なつかわ》と共に西船橋《にしふなばし》のスーパーに行った。

お互いの仕事帰りに駅で待ち合わせ、彼の好きな料理を作るための食材を購入する。

買い物かごを持つのは夏川、商品を選んで入れていくのは周だ。料理教室から近いこのスーパーは周もよく利用する店なので、実にスムーズな買い物ができた。

レジに並びながら、行きつけのスーパーに男二人で来たりして、ゲイだと思われるとか気にしないのかな……と心配になったが、その気がない人は、そんな心配しないどころか思いつかないのか……と納得する。周の頭の中は忙しかったが、夏川が気にしていたのは支払いのことだけのようで、ご馳走《ちそう》する約束だったにもかかわらず割り勘になった。

「このスーパーからだと徒歩七分くらいです。結構《けっこう》歩かせることになってすみません」

スーツ姿の夏川はそう言って、通勤鞄《かばん》と一緒に白いレジ袋を二つ持つ。

周は自分が持ってきた大きなバッグだけを手に、住宅街に向けて歩き始めた。

今もっとも気になる人と一緒に買い物をして彼の家に向かうこの状況を、周は胸に刻みつける。いくら頑張ったところで最後は諦《あきら》めて泣くだけかもしれないが、今この瞬間、胸がときめいているのは間違いない。周囲は徐々に暗くなるのに、心は薔薇《ばら》色だった。

そもそもこの五日間、常に薔薇色だったといっても過言ではなく、街コンの日から今日までの間に、周は夏川と四通のメールを交わした。食事を作る約束に関して彼のほうから具体的な日時の提案があり、『この中で空いている日とかありますか?』と問われ、さらにそこには、『教室から近いので、うちでもいいですか?』と書かれていた。

心躍るそのメールが届いたのは街コン翌日の午後で、周の携帯には、ほぼ同時に友人の沢木健次《さわきけんじ》からもメールが届いていた。『昨日はマジありがとう、ごめんな。今度うちの店で奢《おご》るから許して』と書いてあり、フード系の絵文字を挟んだあとに、『兄貴から伝言!』という一文がついていた。そして、『昨夜は言い過ぎました、すみませんでしたとのこと――うちの兄貴と何かあった?』と書かれていた。

沢木智成《ともなり》は普段モテるだけに、ゲイの周を見てすぐに落とせると信じて疑わなかったのだろう。プライドを傷つけられたことによる反撃で感じの悪い態度を取ってしまい、あとになって後悔したのではないだろうか。周が彼の弟の友人であることが関係している可能性は否めないが、何はともあれ、健次からのメールで周の気持ちはスッキリした。

健次には、『特に心当たりないけど、お気になさらずって伝えておいて』とだけ返して、それ以降は仕事のことや料理のこと、夏川のことだけを考えていればよかったのだ。

家に誘ってもらえるのは、同性だからこその話――面倒なことに発展する心配がないと思われているからだとわかっているが、今は一緒に過ごせることが嬉《うれ》しかった。

今夜作る料理も順調に決まり、いつの間にやら周が料理を作るのではなく、夏川の家で彼の作りたい物を教えながら一緒に作るという話に変わっている。夏川のリクエストは、入校時のアンケートどおり、サーモンのマリネとイカの塩辛だった。

それだけでは食事にならないので、好物だというトンカツをメインにすることになり、健康を考えて薄めの豚ロースを購入した。周としては豪華おもてなし料理を披露できずに少し残念な部分もあるが、彼と一緒にキッチンに立てるのはとても楽しみだ。

「え、ここ……ですか？」

スーパーを出て約七分後、周は彼の、「ここです」という言葉に足を止める。

目の前にあるのは、ごく普通の一軒家だ。隣接する家と比べると築年数は浅いが、特別大きくもなければ小さくもない、平均的な一戸建て――表札には『夏川』とあり、電動芝刈り機と自転車が置かれた駐車場と、低めのフェンス、やや手入れ不足の垣根がある。

「一人暮らし、なんですよね？」

「あ、マンションかアパートだと思ってました？　普通そう思いますよね」

「はい、びっくりしました。どうして一戸建てで……」

「父親の転勤に皆ついて行っちゃって、俺だけ残されたんです。そんなわけで戸建てにもかかわらず一人暮らしなんですよ。だからもうほんと大変で、夏場は庭の芝とか手入れが追いつかないし、コンクリで埋めたくなりますよ。階段の掃除とかも面倒だし」

夏川は玄関ドアの鍵《かぎ》を取りだしながら、盛大な溜《た》め息をつく。

「まだまだ言い足りないらしく、「三十年ちょっと前に親が買った家なんですけどね、五年前に建て替えて……その時に水回りを倍に増やしたんですよ」とさらに喋《しゃべ》り続けた。

表情や話しかたの勢いからして、庭つきの一軒家を一人で管理する苦労を誰かに聞いてほしくてたまらなかったようだ。

「姉貴が二階に洗面台とかトイレをつけたいって言って、まあ確かに便利なんですけど、一人になった今じゃ掃除するとこ二倍って感じで……あ、どうぞ入ってください」

「お邪魔します。……わぁ、玄関が吹き抜けで広々してて素敵ですね。うちはマンションなので羨《うらや》ましい限りです。でも確かに色々大変ですよね、水回りの掃除はサボれないし」

差しだされたスリッパに足を通した周は、玄関を明るく照らす吊《つ》り照明を見上げる。

外から見るのと印象は変わらず、築五年というだけあって壁紙が白く綺麗《きれい》で、間取りを工夫して開放感を出しているのがわかる。玄関は無駄なく片づいていた。

「水回りの掃除はサボると酷《ひど》いことになりますよね、悪臭が排水口から上がってくるし。使わないと手が回らなくなるんで、意識してどっちの階のも使うようにしてるんですよ。玄関も吹き抜けにしたせいで照明器具の掃除が面倒だし、やる気になれば簡単なんだろうけど、つい後回しにして手が出ないのって結構ストレスたまりますよね、罪悪感も」

「わかります。その気になればすぐ終わることでも、何日も放置しちゃうんですよね」

「そこで何日って出てくるあたり……先生はやっぱりちゃんとしてるんだと思います。俺なんかもう、何ヵ月とかいうレベルですよ。自分の行動力のなさにがっかりしますよ」

夏川は「キッチンはこっちです」と言いながらリビングに続く扉を開け、すぐに照明のスイッチを押す。シーリングライトによりパッと照らしだされたのは、十三畳から十五畳くらいと思われるリビングダイニングで、キッチンは対面式になっていた。

モスグリーンのカーテンとアイボリーのテーブルセット、五十インチはありそうな薄型テレビと、元気のない観葉植物、空の花瓶、スーパーのレジ袋を嵌《は》められたゴミ箱、並べられた各種リモコン――掃除は行き届いているが、なんだか寂しい雰囲気だった。

「ワンルームで一人暮らしでも、慣れないうちは苦労するって聞きますし、こんな立派なお宅を管理するのは本当に大変ですよね……でも凄《すご》く綺麗」

「先生を呼ぶために頑張《がんば》ったんですよ。なんか急に愚痴《ぐち》ってすみません。こういう話って所帯染みてて人には言えなかったのに、先生にはスルッと話せちゃうから不思議です」

夏川の言葉と、いまさら自分を恥じるような表情に、周はどきりとする。

好意的なニュアンスで「貴方《あなた》だけは特別」と思ってもらえるなら、たとえそれがどんなことでも構わない。所帯染みた愚痴を言いやすい相手と位置づけられてもいいから、気を許してこんなふうに話してほしいと思った。

「キッチン、凄いですね……調理器具とかなんでもあるじゃないですか」

周は対面式キッチンの奥に案内され、「棚でも冷蔵庫でも遠慮なく開けてなんでも使ってください」と言われたので、早速《さっそく》コンロ脇《わき》の抽斗《ひきだし》を開けてみた。

するとそこには、御玉やフライ返しや木ベラ、泡だて器やゴムベラにスープレードルはもちろん、ポテトマッシャーやミートハンマーまで揃《そろ》っている。包丁入れにはステンレス一体型の物がサイズ違いで数本入っており、スライド式の大きな抽斗には、柄が取り外しできるタイプの鍋《なべ》やフライパンが収められていた。

周はこんなに立派なキッチンで調理できるとは夢にも思わず、持ってきたバッグの中に調理器具をいくつか入れてきた。予《あらかじ》め夏川に訊《き》けばよかったのだが、あれはあるかこれはあるかと訊くのは失礼な気がしたので、特に訊かずに持ってきてしまったのだ。

「あ、そうそう……マリネと塩辛は母親がいつも作ってて、特にマリネは冷蔵庫に一年中あったんですよね。何も見ないで作ってたからレシピなんてないと思ってたんですけど、探してみたらありました。付箋《ふせん》を貼《は》っておいたんです。えーと、これとこれです」

上着を脱いだ夏川はシャツの袖《そで》を捲《まく》り、棚から取ったファイルを開いて渡してくる。醤油《しょうゆ》の染みと思われる点が付着したポケット式ファイルには、油染みで部分的に透けたメモ用紙や、雑誌の記事を切った物が無造作に入っていた。

周はマリネのレシピも塩辛のレシピも把握しており、夏川のために書き起こしたメモも持ってきていたが、「拝見します」とだけ言って女性的な文字を追う。

――ん？　マリネのレモン汁の量、これ随分《ずいぶん》多いな。えっ、塩辛にもこんなにレモン汁入れるの？　小さじ一と柚子《ゆず》皮だけの予定だったんだけど。これじゃ酸っぱくない？

他は別段変わったところはないものの、夏川の母親が書いたメモには、レモン汁の量がやたらと多かった。まるでレモン浸しだ。マリネは元々酸っぱい物なのでまだわかるが、イカの塩辛に大量のレモン汁を入れるのはあまり一般的ではない。それにレモン汁を入れ過ぎると素材の味が死んでしまうのだ。どちらも、くさみを消したり味を引き立てたりというよりは、レモン味で食べることになりそうな量だった。

せっかく上質なタスマニアサーモンと新鮮なスルメイカを手に入れたので、周としてはレモン汁を分量の三分の一にするか、せめて半分くらいに減らしたくなる。

「あの……お母様が作られるマリネと塩辛って、レモンが効いてる感じでしたか？」

「はいっ、そうなんですよ！　市販のと全然違ってレモン効きまくってました。すだちがたくさん手に入った時はそれで塩辛を作ってましたけど、基本はレモンでしたよ」

エプロンを広げつつ答えた夏川は、満面の笑顔で即答した。

思いだすだけでよだれが出そう――とでも言わんばかりな顔を見ていると、周の迷いはたちまち消えていく。レシピを見てついつい気持ちが揺らいでしまったが、周は一般的に美味《おい》しい物を作って夏川に押しつけたいのではなく、彼に美味しいと思ってもらえる物を作りたいのだ。そして彼が一人でも同じ物を作れるようになって、食を通じて日々手軽に幸せになれるならそれでいい。自分は、店を構えて味で勝負する料理人ではなく、家庭の小さな幸せを補佐することを仕事にしている。その立場と主義を忘れるところだった。

「すだちの効いた塩辛は物凄く美味しいでしょうね。今日のところはレモンで、この分量どおりに作りましょう。国産のいいレモンを多めに買ってきてよかったです」

「はいっ」

周は夏川と同じようにエプロンを身に着け、彼と並んで料理を始める。

メインはトンカツなので、まずは米を研いだ。それと、周が教室経由で入手した取って置きのアサリを水に浸けておく。スーパーではなかなか手に入らない、ハマグリのような大粒アサリで味噌《みそ》汁を作る予定だ。最初は少し緊張していたが、塩辛を作るに当たって、手洗いや調理器具の煮沸など、食中毒を予防するための衛生管理の重要性を説明しているうちに、いつもの落ち着きを取り戻すことができた。

「ハラワタがプリッとしていて新鮮なのがわかりますよね。両面に粗塩をたっぷり振っておきましょう。イカを手際よく切れるなら置いておいても平気ですが、たくさんある時や夏場は一旦《いったん》冷蔵庫に入れたほうが安心です。その際はラップをかけておきましょう」

周の言葉に、夏川はすぐにラップを取りだす。「手際よくないので一応《いちおう》」と言いながら、ハラワタを並べたバットを冷蔵庫に入れた。レシピどおりの酒やレモン汁、塩を用意して、ほぼ同時にサーモンのマリネの準備もする。

厚みのあるタスマニアサーモンを保存容器に並べ、ホワイトペッパーと塩をかけた。そしてタマネギのスライスと綺麗な緑色のケイパーを入れ、パセリをかける。少量の白ワインビネガーとオリーブオイル、たっぷりのレモン汁を使い、さらにレモンの輪切りを添えれば出来上がりだ。この作りかただと酢どり状態になりサーモンが白く変色するが、夏川家ではそうなってからが食べ頃らしい。タマネギも、しゃっきり感がなくなってくたくたになるくらいが好みだと、彼は楽しそうに語っていた。

「さてと、これで塩辛とマリネは完成なので、トンカツにいきましょう。先にキャベツの千切りをしますけど、スライサーを使いますか？」

「いえ、包丁で頑張ります」

夏川はまな板をごしごしと洗いながら、スポンジを握り締めて気合を見せる。それからざるを出してキャベツを剝《は》がし、水切り器を用意した。千切りにして冷水に晒《さら》したあと、遠心力で水を飛ばすための道具だ。夏川家のキッチンには必要な物がなんでも揃っているうえに、二人で調理するのに十分な広さがあった。

「キッチンが広々してていいですよね。女性二人で立たれることも多かったんですか？」

「はい、まあ……でも単独で作ってることのほうが多かった気がします。休みの日とかは一緒に作ってましたけどね、こんな感じで二人仲よく並んでました」

「――っ」

キャベツの芯《しん》を切り取る最中、横から覗《のぞ》き込まれて手が止まる。

初めて会った日に包丁を落としてしまったことを思いだし、周は自前の包丁をしっかりと握り直した。

彼の言葉どおり、仲よく二人で並んでいるのだ。彼の家で、二人してエプロンを着けて、どう考えても仲よく料理をしている。そう思うと、胸がドクドクと鳴り響く。けれどそうしたところで興奮はやまず、歓喜と興奮が止まらなかった。

「先生、キャベツの芯って捨てちゃっていいんですか?」

「あ、いえ……捨てないでくださいっ」

自分と違ってペースを乱さない夏川の横で、周は慌てて芯を手に取る。まな板の中央で千切りにしている最中だったが、芯を端に移してトトトッと軽快にスライスした。

「キャベツには胃腸薬にも使われるビタミンUという成分があって、胃腸の粘膜を健康に保つ作用があるんです。熱に弱いので千切りにして生のまま、油っぽい料理と一緒に取るのは理に適《かな》ってるんですよ。特に芯の部分に多くの栄養素が含まれてるんです」

「なるほど。あ、そう言われてみるとこの白い三角形みたいなの、よく見ますよね」

彼は芯を薄く切って摘まむと、「ほんと勉強になるなぁ」と言って笑う。

その笑顔にますます胸を高鳴らせながら、周は豚肉の筋切りの仕方を説明した。

さらに、水分を含ませた菜箸《さいばし》による簡単な温度測定の方法と、トンカツを湾曲させずに綺麗に揚げる方法を教え、ご飯が炊けた頃にはすべての料理が完成する。

夏川はダイニングテーブルの上に合皮製の黒いランチョンマットを敷き、周が夏川家にある白い皿を次々と並べていった。配膳《はいぜん》に至るまで、二人で協力して行う。

「あ、誰か来た」

さあ席に着こうというその時、夏川が不意に言った。

玄関付近の物音でわかったのだろう。直後にピンポーンとチャイムが鳴る。

「なんだろ？　ちょっとすみません、すぐ戻ります」

料理が冷めるのを避けるためか、夏川はリビングの壁に設置されたドアホンモニターを見ずに、直接玄関に向かって歩いていった。小走りに近いくらい急いでいる。

周はパタパタと鳴るスリッパの音を聞きながら、先に座るのもどうかと思い、何気なくモニターに目を向けた。操作するまでもなく、自動的に外の様子が映しだされている。

封筒を手にしながらドアが開くのを待っている訪問者は、部屋着にダウンジャケットを羽織った中年女性だった。いかにも「ご近所さん」といった風情で、玄関のドアが開くと動きだし、カメラの位置から外れる。

話し声が聞こえてきたが、直接の声とドアホン越しの声が重なって聞き取れなかった。

それでも彼女のテンションの高さと、押しの強さはわかる。その証拠に話が長引いて、夏川はなかなか戻ってこなかった。

周は勝手にプツンッと切れたモニターから離れ、キッチンから菜箸を持ってくる。

テーブルに戻って、立ったままキャベツの千切りの形を整え、運んでいる途中に倒れたレモンを起こした。これで完璧《かんぺき》——と思った頃には玄関ドアを閉める音と、施錠する音が聞こえてくる。

「先生すみませんっ、隣のオバサンが来て」

大急ぎで駆け込んできた夏川は、ピンク色の大きな封筒を手にしていた。

しかしそれがなんであるか説明することはなく、雑誌やダイレクトメールの上に重ねて置く。粗雑に扱っているわけではなかったが、あまり関心のない物のように見えた。

「うわ、改めて見るとほんとに美味《うま》そうですね。けど少し冷めちゃったかな？　いざって時にすみませんでした。田淵《たぶち》さんいい人なんだけど強引で」

周は「大丈夫です。トンカツはアツアツだったし食べ頃ですよ」とフォローする。

あの女性は田淵さんというのか——と認識したが、彼女の用件や封筒の中身についてはそれほど気にならなかった。今はとにかく、二人で作った料理を一緒に味わいたい。

「本当に美味しそうにできましたよね。ご馳走するはずの予定が狂っちゃいましたけど、一緒にいただきましょう」

炊き立ての白飯に、煮えばなの美味しい大粒アサリの味噌汁、さくさくに揚がったトンカツと、味噌とすり胡麻《ごま》入りの特製ソースをかけたキャベツの千切り——食事と一緒でも気にせずにビールを出し、二人で改めて「いただきます」と乾杯してから食べる。

特に失敗はなく何もかも予定どおりの味だったが、しかし周にとっては違っていた。

舌で感じるのは普通でも、心が歓喜に震えている。夏川を前にしていると、何もかもが贅沢《ぜいたく》で特別に感じられ、「美味しい」の一言しか出てこない。

「ほんと美味いですよね、二人で食べるとなおさらです」

「はい……ほんとに」

「自分で同じように作れたとしても、一人だと美味さも半減しちゃいますよね。なにしろ急に一人暮らしになったもんで、こういうの久しぶりで……あー……もう酔ってるのかな俺、凄いホワホワした気分になってきた」

ビールをグラス一杯飲んだだけで、夏川は仄《ほの》かに赤い顔をする。「あれ？　ホワホワってなんだろ？　ほろ酔い的な？」と自分の表現に自問自答しながら、上機嫌で笑う。

そもそも周は機嫌の悪い夏川の顔など見たことはないが、愛想《あいそ》笑いは何度も見てきた。

その時は愛想笑いだと気づかなかったものもあるが、今なら見極められる気がする。

そして今のところ、彼は自分に対して愛想笑いをしていない。いつだって本気の笑顔を向けてくれているのだ。ただ単に料理教室の先生だからとか、好意を示しても恋愛に発展しない相手だからとか――笑顔を向けてもらえる理由は色々あるのかもしれない。

たとえそれがどんな理由でも構わない。彼がとても満足そうな顔をして、二人で一緒に作った料理を美味しそうに食べている。もうそれだけでいい、大満足だ――。

「先生、イカの塩辛とマリネも出していいですか？」

「ええ、もちろん。でもいいんですか？　マリネは漬かりきったのがいいんですよね？」

「味見的にちょっとにしておきます。我慢できなくって。あ、先生は座っててください」

席を立とうとした周を止めて、夏川はキッチンに向かう。

対面式のうえにダイニングの目の前なので、何をやっているのかほとんど見えた。

夏川は食事をすでに終えており、周に気を遣って「ゆっくり食べてくださいね」と言いつつ冷蔵庫を開ける。塩辛とマリネを少量、四つの小皿に取り分けて持ってきた。

「お先にいただきます」

夏川は食事中の周にそう言うと、改めて箸を手にする。

周は「どうぞ」と答えたが、夏川は何故かすぐには食べなかった。二つの小皿をじっと見つめて、トンカツよりも遥《はる》かに大切そうに口にする。まずはマリネを、幾粒ものケイパーを包むように取って口に入れ、しみじみと味わった。

「美味い……これです、この感じ。この浅さが懐かしいなぁ……作り立てでまだ浅いのに俺がほとんど食べちゃって、母によく叱《しか》られたんですよ。あと塩辛も、学校から帰ったらこれ食べるのが楽しみで」

「学校？」

周は夏川の言葉に耳を疑ったが、彼は構わず塩辛を食べる。そして目を見開くと、頬《ほお》や口角を持ち上げた。喜ぶというよりは、感動の域に達する表情だ。

「あーこれだ、まさにこれです。先生、ほんとにありがとうございます。市販品じゃ絶対味わえないし、イカを捌《さば》くなんて挑戦する気にもなれなくて。ほんと感謝してますっ」

「そ、そんなに喜んでいただけたならよかったです。きちんとレシピを書いてくれていたお母様に感謝ですね。じゃあ、僕も早速」

周は塩辛の味が気になり、トンカツを食べ終えるなり塩辛に手をつける。太さや長さを揃えて綺麗に切られた白い身は、桃色のハラワタを絡めながらもレモンの爽《さわ》やかな香りを放っていた。色は一般的な塩辛よりも薄めで、見るからにサッパリしていそうだ。

――っ、何……これ、凄いフルーティだ。

口に入れて嚙《か》み締め、呑《の》み込んだ瞬間――周は些《いささ》か衝撃を受ける。

おやつみたい、と一瞬思いながらも考え直し、サラダみたい……と思ったが、どちらも正しいとは言えなかった。その中間くらいかもしれない。これまで周が知っている塩辛は大人の味という表現が似合う酒の肴《さかな》か、塩気がしっかりあるおかずだったが、この塩辛は違うのだ。とにかくフルーティで軽く、いくらでも食べられそうだった。

「先生、これ、バクバクいけそうじゃないですか？」

「え、ええ……そうですね。ぺろっと一気に」

「でしょ？　小学校の高学年くらいの時だったかな、母親が親戚《しんせき》に習ってよく作るようになったんですよ。もう完全におやつでしたね。親父には『子供のくせに生意気だ』なんて笑われましたけど、冷蔵庫を開けるたびに食べちゃうんですよ。あとマリネも」

「小学生で塩辛とマリネ……渋いですね。でもこの味なら納得です」

周はマリネのほうも味わいつつ、再び塩辛に戻る。

どちらもレモン味が強く爽やかで、塩分が少ないので次々と入ってしまう。ビールには合わないが、単体でもりもりと、もっと食べたくなる味だ。

「これが俺にとっての贅沢おやつだったんで、他の塩辛を食べた時はびっくりしました。しょっぱいもんなんだなぁって思って。今はどっちも好きですけどね」

「これ……すだちたっぷりで作ったらもっと美味しそうですよね。本気で凄くいいです、知らなかったのが恥ずかしいくらい。とても美味しいしヘルシーだし、母に食べさせたくなりました。我が家の味に加えてもいいですか？」

「もちろんですよ。プロの先生にそう言ってもらえるとめちゃくちゃ嬉しいなぁ……母も喜びます。先生のお母さんも気に入ってくれるといいんだけど」

夏川は本当に嬉しそうで、周が「きっと気に入ると思います。お母様によろしくお伝えください」と言うと、「はい」と、それはそれはにこやかに笑った。

「先生の家では、おふくろの味みたいなのあります？」

「あ……あります、ありますよっ、実はチキチキラーメンなんです」

「え、何それっ、マジですか？　アレンジとかして？」

　声を弾ませて食いついた夏川は、二本目のビールを開けてグラスに注《つ》ぎながら身を乗りだす。周のグラスにも、「注ぎ足していいですか？」と訊いてからビールを注いだ。

「その時の気分で色々アレンジをしてますよ。そのままの時も多かったんですけど、卵とキムチを入れたのが好きでした。あとはおろしニンニクを入れたりショウガを入れたり、ラー油ブームの時はラー油だったし、塩麹《しおこうじ》の時もありましたよ」

「おおっ、なんか嬉しいです。うちもわりとそんな感じで、あれは手抜きとは違うんですよね。面倒くさいから食べるとかじゃなくて、あれが食べたいから食べるって感じで」

「そうそう、突然食べたくなる時があって」

「手前味噌みたいですみません。子供の頃から好きだったもんで……俺が就職した頃って全国的に就職率かなり低くて、当時は内定くれればどこでもいいやくらいに思ったんですけど、いざ入社すると気持ちも根づいて——いつかチキチキラーメンみたいに、何十年も愛されるロングセラー商品の開発に携わりたいって思うようになったんですよ」

「いいですね、凄い楽しみです」

「チキチキラーメンを作ったチームも研究者は数名だけで、大半は普通の社員なんです。時間と費用をかけて新商品を開発しても、売れなければ一瞬で消えちゃう厳しい世界ですけど……それでも大ヒットは毎年いくつも生まれてるわけですから」

堂々と夢を語ったり、そんな自分に「あ……ちょっと熱く語り過ぎたな……」と照れてみたり、夏川からは弾《はじ》けるような若さが感じられた。

そうはいっても社会に出て現実を知ったうえでの夢なので、浮ついた夢というわけではない。地道に努力して運に恵まれれば、いつか叶《かな》うかもしれない夢を追っているのだ。

周もまた夢見がちではいられない社会人であり、彼の姿が眩《まぶ》しく見えた。

「夏川さんが開発部に異動して新商品を作ったら、その時は連絡してくださいね。それとなく生徒さんにお勧めして宣伝します」

「ほんとですか、やった！　あ、でも先生が本気で勧めたいと思う商品じゃなかったら、その時はスルーしてくださいね。……っていうか、先生には開発段階で食べてもらって、意見とか聞きたいな。そのくらいできるよう偉くなるんで、待っててくださいね」

周は胸に風が抜けるような思いの中で、「はい」と答えた。

夏川が語る未来ではもう、自分と彼は先生と生徒ではなく、二歳差の友人として、時々メールで連絡を取り合う仲かもしれない。

――その頃、僕には旦那《だんな》様みたいな彼氏がいて、母にも紹介済みで……何もかも上手《うま》くいっていたら、夏川さんに奥さんや子供がいても友達でいられるのかな……。

数年後も交友があることは、幸せなことなのか不幸なことなのか、周にはわからない。

恋心が彼にのみ向かっている今は、どうしたってつらい感情しか想像できないからだ。

実体のない彼氏を未来の自分の横に置いたところで笑うに笑えず——友人でいれば見ることになってしまう夏川の人生の節目を、笑顔で見守る自信がなかった。

世間一般では祝福するのが当たり前の事柄が、周にとってはいちいちつらくて……でもそのつらさを、顔に出したり口に出したりすることは許されない。

「先生、ビールのあとになんですけど、美味い発泡吟醸があるのを思いだしたんですよ。冷えてるんで飲みませんか？　口当たり軽いし、よかったら是非」

「いいですね、いただきます。でも一旦ちょっと片づけてもいいですか？」

「ああ……そっか、先生は片づけながら料理して、綺麗にして食べる人ですもんね。ここスッキリさせてソファーに移動しましょうか？」

ソファーに移動という言葉に、周は過剰反応しながら「はいっ」と答える。

ソファーはL字形の大きな物がひとつあり、いかにも寛《くつろ》ぎのスペースになっていた。

「食洗機に突っ込むだけなんで、俺やります。先生は座っててください」

周が立とうとすると夏川は制止して先に立ったが、結局周も食器を運ぶのを手伝った。

夏川は食事中に使ったティッシュで皿についたソースを拭《ぬぐ》い、それらをゴミ箱に捨ててから三角コーナーの上で皿の表面に水を当てる。手慣れた様子で軽く流して、ビルトインタイプの食洗機にひとつひとつ収めていった。

「夏川さん、食後の片づけ担当だったんですね？」

「あ、わかります？　姉貴に言われて片づけだけはしてましたよ。あと配膳も。今にして思えば、進んでもっとやっておけばよかったですよ」

夏川は食洗機用のタブレット洗剤を入れ、扉をロックして作動させる。

それから二人でリビングに移動し、男同士で酒を飲むのに不自然ではない距離を取って座った。手を軽く伸ばしたくらいでは届かず、しかし思いきり伸ばせば届く距離。斜めに向かい合う恰好《かっこう》で、目の前にはローテーブルがある。

「このお酒……ほんと、口当たりがよくて美味しいですね」

「さっき来たお隣さん……田淵さんていうんですけど、夫婦揃って世話好きなんでもらい物が多いらしくて——でも飲めない人達なんでうちに回してくれるんですよ」

「そうだったんですか。お酒なら一人暮らしでも大歓迎ですよね。好きな時に飲めるし」

「ですよね。田淵さんは子供の頃からずっとお隣さんで世話を焼いてくれて、スーパーで会ったりすると『こーちゃん』とか呼んでくるんですよ、結構デカい声で」

「こーちゃん、ですか」

周はくすっと笑いながら鸚鵡《おうむ》返しにした。こんなチャンスは二度とないかもと、瞬時に判断したからだ。彼のフルネームは夏川光司《こうじ》で、呼ぶ機会はないけれど、頭の中で「光司さん」とか「光司くん」と思ってみたことはあった。

「先生の名前、周さんですよね？　なんかこう、名前も優しそうで合ってますよね」

「そんなこと言われたの初めてです。夏川さんは光司さんでしたよね？　爽やかで明るいイメージで、凄く似合ってます」

「よく言われます」

彼は真顔で返してくると、肝を抜かれた周の顔を見てプッと笑う。そして手にしていたグラスを唇に寄せ、発泡吟醸を美味しそうに飲んだ。

夏川は田淵夫人の話題が出たにもかかわらずピンクの封筒については触れず、周はそのことが些か引っかかってはいたが、それでもこの時間が楽しくてたまらない。彼もとても楽しそうで、流れる空気は家族のだんらんのように和やかだった。

「先生はお母さんと二人暮らしなんですよね？　遅くなっても平気なんですか？」

「はい。全然、問題ないです」

「先生の家ってどこなんですか？」

「八千代《やちよ》緑《みどり》が丘《おか》です。そこから徒歩十分くらい」

「じゃあ、電車だけなら十五分かな？　結構近いんですね。でもここからだと駅に戻って電車乗ってまた歩いて……って大変じゃないですか？　よかったら泊まっていきません？　そのほうがゆっくり飲めるし、先生が帰っちゃうと俺かなり淋《さび》しくなりそうで」

「っ、え？」

夢でも見ているのかと思う展開に、周は呆然《ぼうぜん》と居竦《いすく》まる。

ぼんやりしているうちにグラスに酒を注がれ、「駄目ですか?」と問われた。

いつも爽やかな印象の彼が、なんだか妙に色っぽく見える。つい今し方まで和やかさを感じていたのが嘘《うそ》のように、空気の色が変わっていた。健全なスカイブルーが淫靡《いんび》な紫に塗り替えられたような変化だ。

「泊まり……ですか?」

今の夏川からは、誘われてるんじゃないかと勘違いしそうなくらい男の色気が滲《にじ》みでていて、周の視線は彼の表情に釘《くぎ》づけになる。瞳《ひとみ》も唇も、こんなに魅力的だったのかと驚くほど艶《つや》っぽく、頭の中にフェロモンという言葉が浮かんだ。グラスの中でシュワシュワと立ち上る炭酸同様、頭のヒューズが弾けそうになる。

「あ、でも先生のお母さんに心配かけるとかなら無理しないでください。俺、一人暮らし始めてから親孝行って大事だなってしみじみ思ってるんで、無理させたくはないです」

「いえ……それが、母は出張で日曜の夜まで戻らなくて……それに二十七の男ですから、メール一本入れれば済む話ですし、むしろうちの母なんて喜んで泊まってきなさいって、あ、いえ……友達との交流を大事にするようにって、いつも言われてるくらいなので――

あ、夏川さんは生徒さんですけど、同じことですし……だから僕は、全然っ」

しどろもどろで何を言ってるのか自分でもわからなくなっていたが、周はごくんと唾を呑む。遠慮してせっかくの機会を逃してなるものか、という思いが働いていた。

ノン気を好きになっても無駄かもしれない。きっと無駄だ――臆病《おくびょう》な自分は油断するとすぐにそんなふうに考えて諦めそうになるけれど、接点を持たなければ始まらないことはわかっている。諦める努力をするのはやめて、頑張るだけ頑張ろうと決めたのだ。

「よかった。こうやって家で誰かと一緒に食事するとか、ほんと久しぶりで、暗いうちに先生が帰っちゃったら淋しいんだろうなって思うんですよ。先生も俺も明日は休みだし、甘えちゃってもいいですか？　先生の好きなことする感じでいいですから」

「僕の好きなこと……」

にっこりと笑いながら言われ、周は顔を真っ赤に火照《ほて》らせる。

酒のせいにできる状況に感謝しながら、何を言えばいいのか頭をフル回転して考えた。

自然に思いつくのは、しばらく彼氏がいないバリネコの男らしい妄想ばかりで、それはそれは生々しく汁気が多い。打ち消して一般的なことを考えようとしても、何も浮かんでこなかった。妄想が少しソフトになり、キスや腕枕《まくら》をイメージするばかりだ。

「と、特に思いつかないので……何か提案してもらっていいですか？」

「映画とか観ます？　あと、最近のじゃないけどゲームもありますよ」

「あ……映画、いいですね……夏川さんはどういうのが好きですか？」

「面白ければなんでもいいんですけど、派手なアクション絡めたサスペンスが好きです。スピード感のあるやつ」

振られてようやく普通の過ごしかたがわかった周は、テレビの脇にあるラックを開ける夏川の姿に視線を注ぐ。広い背中や襟足を穴が開きそうなほどじっと見つめ、そして彼が振り返る時には俯《うつむ》いた。グラスを見ながら、何事もない振りをする。

二人で選んだブルーレイは洋画で、日本人の二世俳優が主演を務めるハリウッド超大作だった。購入したのは夏川の姉なので、二人とも初めて観る映画だ。

夏川が真剣に観ていたので、周も形のうえでは真剣に観た。

しかし本当のところはまるで集中できず、主人公が所属する組織の目的すらよくわからない。CGを駆使したアクションや、俳優の肉体美やベッドシーンに集中することもあったが、意識が飛んで他のことを考えている時間のほうが長かった。

発泡吟醸やビールを適当に飲んではいるものの、どちらも温《ぬる》くなっていて気になる。アサリが残っているので、つまみを作るとかしたほうがいいかな、と迷ったりもする。

しかし映画の観かたも人それぞれだというのはわかっていて、自宅で観ている状況とはいえ、最中に声をかけられたり中断されたりするのを嫌がるタイプだったらどうしようかと思うと、タイミングを計るばかりで動きだせなかった。

「この人いい体してますよねぇ、よく脱ぐし。鍛えてるんだろうなぁ」

これまで黙っていた夏川の言葉に、周はぎくりとする。よりによって男の体の話だ。

「そ、そうですねっ」

「最近ドラマとか映画とかで男が脱ぐシーン増えてると思いません？　あれってやっぱり女性の裸はそうそう出せない世情の問題によるものなんですかね？」

そうかもしれませんね——と果たして言えたのか言えなかったのか……周は焦りながら画面いっぱいに映しだされる若手俳優の体を見続ける。やっと夏川が喋ったので、これを機に言いたいことが色々あったのに、結局ひとつしか言えなかった。「ビール、冷蔵庫の中の冷たいのと交換してきましょうか？」と、ただそれだけだ。

「そうですよね、すみません集中しちゃってて。取り替えてきます」

夏川は慌てて立ち上がり、結局周は彼を働かせることになってしまう。

しかし率先して他人の家の冷蔵庫を開けるわけにもいかないので、そのまま待った。

視界の先では、日本人俳優が滑らかな肌を晒しながらシャワーを浴びている。

「男性の裸……確かに最近ドラマとかでもよく見ますよね。どう思いますか？」

周は酷く緊張しながら、ビールを運ぶ夏川に訊いてみた。

一般的に男は男の裸を汚いと思う傾向があり、同性の肉体美を目にしたところで、思うことは精々「俺も鍛えなきゃ……」という程度らしい。その感覚が周にはないため、どのくらい感覚の差があるのか確かめてみたかった。

「……どうって、うーん、べつに嫌じゃないですよ、この人くらい小綺麗だったら。でもどちらかって言うと、この人の母親のヌードのがいいかな」

夏川は率直に、おそらくなんの嘘もなく語っている。

画面の中の美男は二世俳優で、母親は日本を代表する有名な美人女優だ。今でも人気があるうえに若い頃はセクシー女優だったので、際どい映像を目にする機会もある。男なら当然の感覚だろう。

「ビール……いただきます」

「どうぞどうぞ、気づかなくてすみませんでした」

プシュッと冷たい缶を開け、周は夏川とビールを分ける。

別段何も変わらず、映画は続いていった。夏川はまた集中し、周はこれまで以上に気もそぞろになる。「男の裸とか勘弁ですよね」と言われたわけではないのだし、べつにいいじゃないか、当然じゃないかと思う気持ちはあるのに、どうしても気落ちしてしまった。


映画が終わってからしばらくニュースを観て、当たり障りのない話をしているうちに、夏川はソファーに横になって寝てしまう。周もまた、慣れない夜更かしのせいでうとうとしていた。ふと気づいた時には、夏川の寝顔が目に留まる。

ローテーブルの上には、いくつかの空き缶と洒落《しゃれ》た白いボトル、四つのグラスが置いてあった。見苦しい状態だったので、周はそれらをキッチンに運んでグラスを洗う。

そうして戻ってみても夏川は眠ったままで、とても気持ちよさそうに見えた。着替えていないため、仕事で疲れて寝入っている……という見方をしてもよさそうなものだが、不思議とそんな印象は受けなかった。すやすやと、なんだか幸せそうに見えるのだ。

――起こして、お風呂《ふろ》どうするんですかとか、布団どうしますかとか訊かないと。

夏川の家がファミリー用なだけに、周の遠慮の度合いは大きくなる。女性の物も残っているであろう家の中を、勝手に動くわけにはいかなかった。しかしそう思いつつも、周は夏川を起こせない。もう少しだけ寝顔を見ていたかった。

――人懐っこいのかな？　年上相手だからかもしれないけど、なんか可愛《かわい》い。それに、二十五の男が淋しいって……そりゃ淋しい気持ちは誰でもあるだろうけど、なかなか口に出して言えることじゃないよね？　物凄く素直なのかも。

襟を緩めて横たわる夏川を見つめていた周は、彼に触れたくてたまらなくなる。

点《つ》けっ放しのテレビからは週末の天気予報が流れ、画面の移り変わりによって、精悍《せいかん》な顔が明るく照らされたり翳《かげ》ったりしていた。

「夏川さん……」

周はソファーから下りてラグに膝《ひざ》をつき、夏川が寝ていることを確かめる。

そっと腕に触れても、少し揺らしてみても、彼は目を覚まさなかった。そうなるとつい行為がエスカレートして、手の行き場を肩に移し、頬にまで触れてしまう。それだけでは治まらず、周は彼の唇に指を当てた。ぷにっと凹《へこ》む唇は、思ったよりも弾力がある。

「夏川さん、あの……」

このままだとまずいので、起きてください――そう願う反面、このまま眠っていてくれとも思う。正直なところ後者の願いのほうが強く、夏川が眠り続けていることに周は内心ほっとしていた。魔が差すというのはこういうことをいうんだろうか……と、考えている時点で違う気もしたが、この機会にキスをしたくなる。

――酔ってるし……うん、僕は今、結構酔ってる。

周は外見のイメージを裏切ってアルコールに滅法強く、酔った経験がない。

しかし今夜は雰囲気に酔って、気持ち的には泥酔ということにしておきたかった。

夏川の唇に当てていた指先は熱っぽく、唇もその熱を求めてしまう。身を屈《かが》めてほんの少し、彼に気づかれないようキスをした。指で触れた時よりも衝撃はないはずだ。自分としては物足りないくらいの軽いキス――そのくせ心臓が飛びだしそうなキスになった。

「……っ！」

息を止めたまま顔を離した瞬間、周は夏川の双眸《そうぼう》に捉《とら》えられる。

キスをした時は閉じていたはずの瞼《まぶた》が、完全に開いていた。テレビの光を反射する瞳が周を映す。揺るぎなく、躊躇《ためら》いもない視線だった。

「先生……」

直前まで寝息を立てていた唇が、重々しく開く。

瞬間的に思考が働き、周はいくつかの可能性を考えた。

キスで目を覚ましたとしても、夏川は酔いと眠気で正確な状況判断ができていないかもしれない。もしくは気のせいだと思う程度の認識力しかないかもしれない。だから知らん顔をして、キスなどしなかったことにしてしまえばいい。真っ先にそう思った。

「俺のこと、好きなんですか?」

煙に巻いて逃げることは許されず、周は夏川に腕を摑《つか》まれる。

手の位置はすぐに移動し、最後は手首をきつめに握られた。

夏川は身を起こしながらも、視線は決して外さない。

「っ、あの……すみません、ごめんなさい」

「いや、それ答えになってませんから。先生、俺はわりといつも笑顔で愛想よく振る舞うように気をつけてるし、それは俺にとって無理なことじゃないんですけど……だからって能天気なわけじゃありません。勘も、悪くないと思ってます」

夏川は怒っているようには見えなかったが、周は怯《おび》えて震え上がる。悪事を働いて追い詰められた気分だった。同性愛者にとって怖いものは、怒りや嫌悪だけではないからだ。

身内から受ける嘆きや、好意的だった人からの失望、興味本位の質問、そして説得――たとえ周のためを思って向けられたものであっても、それらは人格の否定に繫《つな》がる。

「そんなに怯えないでください。悪いことしてるわけじゃないでしょ?」

「っ、でも……ごめんなさい。唇を、勝手に……」

「キスくらいなんでもないですから、大丈夫です。先生と初めて会った日に、なんとなくそんな気はしてました」

夏川は苦笑に近い表情を浮かべていたが、目は真剣だった。

その顔や視線には、先程も感じた男の艶が潜んでいる。誘われてるんじゃ……と錯覚しそうなくらい意味深で、見ているだけでぞくぞくした。

「はっきりしたのは街コンのあとですけどね。エレベーターの中で沢木さんも様子が変だったし、こりゃなんかあったなって、空気でわかりますって」

「夏川さん……」

「こういう時代だし、色々耳に入りますから。それっぽい人を見ると少なからず警戒することもありますよ。先生に対しては警戒とは違うけど……なんていうか、そういう意味で好かれてたらいいなと思って——あえて意地悪して探りを入れてました。すみません」

耳を疑うようなことを言われ、周はラグに膝をついたまま固まってしまう。

夏川に摑まれた手首がぶるぶると震え、どこを見ていいのかわからなくなった。

「人恋しい時に先生みたいな人に好かれたら、どうしたって甘えたくなりますよ。同性に好かれるのは結構嬉しいし、それが普通の好きじゃなくても……べつにいいかなって思うくらいにはこだわりなくて。先生は可愛いし、一緒にいると落ち着くんですよね」

夏川は彼にしてはゆっくりとした口調で話し、ようやく手首を放す。

ソファーに座った状態で、周の顔を見下ろした。

「すみません、先生が俺のこと好きだって前提で話しちゃいました。勘違いなら遠慮なく言ってください。しばらく凹みそうですけど」

男女の駆け引きに近い空気が流れ、繋がった視線に探りが入る。

夏川の態度や言葉から察するに、誘われていると感じたのは錯覚ではなかったようだ。

ここで自分が「好きです」と言ったらどうなるのか、周はそこから始まる新たな関係を思い描く。悪ふざけでゲイをからかうような男ではないとわかっているから、おそらく嬉しい展開になるだろう。彼はそういう目をしている。「好きです」と、正直に一言告げればいいのだ。それでしばらくは幸せになれる。

「夏川さん、僕は……」

好きだと言いたい。物凄く言いたいけれど、容易に口にすることはできなかった。

夢見る段階を過ぎて現実味を帯びた途端、周は過去の過ちを思いだす。

夏川は気を持たせることを言って告白の言葉を引きだそうとしながらも、自分から好きだとは言っていない。その代わり「人恋しい」という言葉を使って、受け入れる気があることを匂《にお》わせている。だから、もし夏川と付き合えるとしても、それは真っ当な恋愛にはならないかもしれない――。

淋しいから傍《そば》にいるだけ、気持ちいいからセックスするだけ、便利だから別れたくないだけ――また同じことを繰り返し、通い妻状態になってしまうのが怖い。ましてや夏川はノン気で、本物の妻に相応《ふさわ》しい人が現れれば、男の自分は容赦なく切り捨てられる。

「僕は……お察しのとおりゲイなので、夏川さんみたいに素敵な人を見ていると、ついキスとか、したくなります。ヘテロな人が美人を見て、その気になるのと一緒です」

迷った末に周は、彼に告げたい本音を隠した。恋愛対象であることだけを伝える。

自分から尻尾《しっぽ》を振って付き合ってもらうのと、好きになってもらうのとでは大きく違うことを嫌というほど知っているから、何度も同じ過ちは繰り返したくなかった。

「沢木さんと、付き合ってたりするんですか？」

声のトーンを少し変えた夏川は、軽く視線を外した。どこか拍子抜けしているようにも見える。「貴方が好きです」と言われると思っていたのに、「素敵な男の人なら誰でも好きです」という言いかたをされて、気を悪くしたのかもしれない。

「いえ……沢木さんは関係ありません。友人のお兄さんなんですけど、初めて会った日にホテルの部屋に誘われて、お断りしたら険悪なムードになりました」

「男の目から見てもカッコイイ人でしたけど、あの人は対象外だったんですか？」

まだ駆け引きは終わらず、夏川は周から特定の言葉を引きだそうとしていた。

何を答えたらどういう結果に繋がるのか、次第に読めなくなってくる。

「あの人は、対象外でした」

「そうなんですか。まあ……ノン気の男だって美人なら必ず好みに合うってわけじゃないですもんね。……で、キスしたってことは、俺は先生の好みのタイプなんですか？」

「そう、ですね。好みのタイプです、凄く」

こんな軽い言葉じゃなく、「貴方が好きです」と言いたくて、周の胸は苦しくなる。

それに本来の好みのタイプは年上で、どっしりとした大人の男だ。愛を感じなかったり依存の度が過ぎたりするとうんざりしてしまうが、横柄なくらい自信家の男に尽くすのが好きだった。夏川の容姿も好みのタイプではあるのだが、それよりむしろ眩《まぶ》しくて、きらきら光るものに目がいくように心惹《こころひ》かれる——といったほうが正しい。

「じゃあ、もう一度キスしてみます？」

ぐいっと手を引かれながら囁《ささや》かれ、周は耳元に迫る夏川の声にびくつく。

これまでは恋人にだって自分からキスをするようなことは滅多になかったのに、今夜は交際してもいない相手にしてしまった。断る理由などない。何よりもう一度キスをしたい気持ちが、血流に乗ってドクドクと湧《わ》いている。

「っ、あ……」

返事をするより先にキスをされ、唇を斜めに塞《ふさ》がれた。

ソファーに座ったまま身を屈めた夏川は、周がしたキスとは大違いに重たいキスをしてくる。歯列を割って舌を入れるまで数秒もかからず、目を閉じる暇もなかった。

「う、ん……っ」

指で触れた時よりも弾力を感じる唇に潰《つぶ》されて、上下の唇が崩れていく。舌を絡められると口角から唾液《だえき》が漏れ、周は慌てふためいた。彼のシャツの袖を摑まずにはいられなくなる。そのくせ押し退けることも身を引くこともできず、捲《まく》られた袖口を乱すばかりだった。

──っ……どうして、男に？

どうして？　気持ち悪くないの？　気持ち悪いでしょう？　無言で問いかけては、唇と舌で否定される。躊躇いのない口づけに、嫌悪感らしきものは微塵《みじん》もなかった。

「──っ、ぅ……」

男が女にするような熱烈なキス──そう思うだけで、酒に酔えない周が酔わされる。頭の奥が、舌と一緒にとろんと蕩《とろ》けた。

「先生……先生の好きなことしましょうって言ったの、覚えてます？」

夏川は濡《ぬ》れた唇を指では拭わず、舌で舐《な》める。

それは周の酔いを加速させる光景だった。食い入るように見つめてしまう。

まずは唇と顎《あご》、そして首と鎖骨、そこから先はシャツの上から想像した。

透視でもするように、隆々とした胸や肩、上腕を想い描いて……さらに視線を落としていく。飲んでいる最中にプライベートなことを少し聞けたが、彼は大学までずっと野球をやっていて、会社でも野球部に所属していると言っていた。聞けば聞くほど納得で、服を着ていてもたくましいのがわかる。脱いだらいったいどんなだろうか？　胸筋が見たい、背中や腹筋や臀部《でんぶ》、腿《もも》も脛《すね》も見たい。そして何より性器を見て、触れてみたい――。

「僕の好きなことなんてしたら……きっと、引きます」

「引きませんよ。先生と俺、今日でもう五回も会ってるんですよ。教室で三回、街コンで一回……あ、違うな。街コンのあとにも偶然会ってるから、六回でいいのかも」

「六回……」

「そう、六回ですよ。合コンでちょっと好みの子がいて意気投合したら、その日になんてことも普通にあります。その辺は相手を見ての話だけど、先生が俺に何かしたからって、全然引きませんよ。何も望んでなかったら泊まってなんて言わないし。あ、でもいきなり豹変《ひょうへん》して俺に突っ込もうとしたら怖いですけどね」

「そ、そんなことしませんっ、僕は……受け身のほうですから」

「よかった」と言って笑う夏川の顔を見上げるうちに、周の手は動きだす。糸のついた操り人形のように勝手に持ち上がり、気づけば彼の膝に触れていた。そのまま左右の手を滑らせて腿に触れ、筋肉を感じながら脚の間に指先を向かわせる。

「嫌だったら、言ってください」

付き合うまで体を許さない——それは相手に対して性的なことをしないということでもある。長年守ってきた自分のルールが、今はどこかに飛んでいた。好きなこと……したいこと、それを許されて止まらなくなった欲望が、好き勝手に走りだす。

——ぁ……硬くなってる……。

ベルトを外して前を寛げさせると、兆《きざ》した一物が下着を盛り上げていた。まだ完全ではなかったが、口づけの間に変化したのは間違いない。

下着を引き下ろすと軽く弾けるように飛びだし、触れると芯から反応する。

「……っ、んぅ」

黒い繁みの中から突きだした物を目にするなり、周は顔を近づけ舌を伸ばしていた。剝《む》けきって張りだしたカリを見ているだけで下着が濡れ、雄のにおいに腰が震える。

ラグに埋めた膝を進めながら顔を動かした周は、夏川の屹立《きつりつ》を握って先端を舐め、すぐに喉奥《のど》へと迎え入れた。ちゅぷちゅぷと音を立てながら舐めては吸い、唇や口蓋《こうがい》を肉笠に引っかけるように刺激する。

「——っ、先生……」

やっぱり嫌だとか、やめてくれとか……そう言われることを恐れながら視線を上向けた周は、俯き加減の夏川と目を合わせる。そしてこのまま続行していいのだと悟った。

欲情しているのは表情でわかる。瞳は快楽に潤み、唇が微《かす》かに開いた。何より、目が合った途端に硬度を上げた雄が、より強い刺激をねだっている。

「ふ……ん、う……く」

上目遣いで見つめながら、周は思う存分それを味わう。膨れ上がる裏筋に舌を這《は》わせ、ほとんど余りのない皮をきつく吸った。舐めているだけで後孔が疼《うず》くほど愛《いと》しい笠の部分は、特に念入りに舌を這わせる。もちろん鈴口も同様で、蜜《みつ》が溢《あふ》れる前に舌先でほじくりだすように弄《いじ》っては舐め、ちうちうと吸い上げた。

「……っ、なんか……上手《うま》過ぎるんですけど、やっぱ、わかってるから？」

同じ器官を持っているから、口淫《こういん》が上手い——一般的に思われがちなことをそのままにしておきたくて、周は頷くに近い動作でより深くくわえ込む。けれど本当は違う。気持ちいい所を知っているからといって、必ずしも他人に快楽を与えられるわけではない。

初めて付き合った男から下手だと言われ、練習を繰り返して上手くなったのだ。同性であることと経験値と、上手さの理由は半々くらいかもしれない。

「先生……っ、もう……」

夏川はくぐもった声で言うと、肩をぐいっと押してきた。

奮い立った物が口から抜けてしまい、周は困惑する。

このまま口で達《い》かせることしか考えていなかったのに、彼にそのつもりがないことに気づくと、思わず首を横に振ってしまった。女性相手の時はこのまま体を繋ぐ流れになるのだろうが、男と繋がるのはそんなに簡単ではない。

「どうして？　最後までする気だったんですけど、駄目ですか？」

「駄目とかじゃなく、無理なんです……専用のローションとかないし、ゴムを使わないと最初はなかなか挿《い》れられないし、ここじゃソファーを汚してしまうと思います。そういうこと、しようと思ってくれただけで十分です。だから、僕の口の中に……っ」

周は動揺しつつもなんとか今の気持ちを伝え、再び夏川の脚の間に顔を埋《うず》める。

抱こうとしてくれたのだと思うと、それだけで胸がいっぱいだった。

後孔は疼き、下着は先走る蜜で濡れていたが、これ以上の贅沢を望んだら罰が当たる。

ノン気でモテる夏川とどうこうなるなど望み薄で……寝ている隙《すき》にそっと唇を盗むのが精々だったはずなのに、こんなことになっている。猛《たけ》った物に触れて、しゃぶったり舐めたりできているのだ。美味しくて嬉しくて、頭がどうにかなりそうだった。

「ッ……ウ……！」

「く、う……っ！」

夏川は微かに呻《うめ》き、周の口内に射精する。

うっとりするほど濃厚だった。舌から喉に向けて、重たく絡みながら流れていく。

さらに第二陣も濃く、量も多くて味わう暇がない。なかなか硬度の落ちないペニスが、舌の上でびくびくと脈打っていた。

「ふ……ぅ、っ」

周は喉を鳴らして精液を飲み干し、同時に頭上から降り注ぐ呼吸音を聞く。動いてもいないのに息が乱れるくらいよかったのかと思うと、安堵《あんど》と興奮が一気に押し寄せてきた。少なくとも今は、男の自分が彼を悦《よろこ》ばせている。口という、ほとんど性差のない部位での話だけれど……夏川はそれだけで終わろうとはしなかった。体を繋げることまで考えてくれたことに、感動の波が再びやってくる。

「先生……っ、すみません、大丈夫ですか？　そんなの飲まなくてもっ」

「――ごめんなさい」

飲みたくて飲んでしまったことを謝ると、すぐに「謝るとこじゃないでしょ」と窘《たしな》められた。二つ年下のはずなのに、今はそんなふうには感じない。だからといって彼に余裕があるわけではなく、目が合うと気まずそうな顔をしていた。

冷静になって後悔しているのかと心配になったが、その表情には恥ずかしさが強く出ていて、後悔とは少し違うように見える。それが希望的観測なのか事実なのか、周は判断をつけられないまま彼のペニスを下着の中に戻した。

「俺も先生に何かしたいんですけど」

「いえ、それは……いいんです、気にしないでください」

「同じ物ついてるんだし、ちゃんとわかってて言ってるんですよ。それとも触られるのが嫌とか、そういうことですか？」

「そうじゃ……ないんですけど」

男の部分を見られて萎《な》えられたり嫌悪感を持たれたり、それなのに平気な振りをして気を遣われたり――そんなことを想像すると腰が引ける周は、夏川の手でソファーの上へと誘われる。抗う余裕はなく隣に座らせられて、シャツのボタンを外された。

「っ、あ……」

頬に唇を寄せられ、口淫したばかりの口にもキスをされる。

チュッチュッと可愛い音が立つキスの最中も、彼の手は黙々と動いていた。周の昂《たかぶ》りをズボンの上から撫でて、ファスナーを下ろす。その手は包丁を握っている時よりも器用に動き、濡れた下着の中から一物を取りだした。

「こんなに濡れてるし、本当は触られたかったんでしょう？」

あっ……と声を漏らしかけた周は、喘《あえ》ぐ男なんて気色が悪いかと思い、唇を引き結ぶ。

それでもすぐに緩んで息が漏れ、夏川の手の動きに合わせて乱れてしまった。

下着を完全に下ろされると、すべてが空気に触れて裸の感覚を味わう。

「あ……ぁ、ぅ」

欲望を露出しながら恥ずかしい滴を零し、クチュクチュと塗り広げられる。手を動かしやすい体勢を取った彼は、身じろぎながら周の背中に胸を張りつけた。後ろから前に手を伸ばす形でストロークを繰り返す。

「先生……ちゃんと気持ちいいですか？」

「――っ、ん……」

自慰に近い恰好のせいか手つきにぎこちなさはなく、男に触れ慣れたゲイの男にされているのと変わらなかった。緊張を解いて普通に感じてもいいような気がしてきて……でもそれは油断のようにも思い、周は迷いながらズボンのたわみを握り締める。

「胸とか触ったら、もっと感じます？」

「あ……っ」

問うなり胸に触れてきた夏川は、シャツの上から乳首を探った。

同時に周の耳に唇を当て、耳朶《じだ》を舌先でつついて揺らす。

その吐息には、情事特有の艶っぽい熱があった。

「――っ、ん、う……っ」

「乳首が硬くなってる。やっぱりこうなりますよね、自分では弄らないけど」

快感で自然に痼《しこ》り始めていた突起は容易に見つかってしまい、生地越しに弄《まさぐ》られる。

潰さない程度の力で撫《な》でられるのも、爪《つめ》の先で強めに弾かれたり摘まれたりするのも気持ちがよくて、そのたびに小さな嬌声《きょうせい》を上げてしまった。

触れられているほうの乳首が自分でもわかるくらい硬くなって、その刺激が脚の間まで伝わる。自分の血が一ヵ所にどっと集まり、絶頂が迫ってきた。

「あ……な、夏川さっ、もう……離れて……っ」

「先生、大丈夫です。手で蓋《ふた》しておきますから、このままイッて……」

今は瞬間的に盛り上がっていても、射精して精液を手につけたりしたら、あとできっと嫌がられる——そう思って手首を摑んで除《の》けようとしても、彼の力には敵《かな》わなかった。

耳朶を齧《かじ》られながらさらに激しく屹立を扱《しご》かれ、宣言どおり片方の手で蓋をされる。掌《てのひら》を鈴口に当てられた状態で横に素早く動かされると、こらえようがなかった。

「や、あ……っ、ぁ……っ！」

最早どうにもならず、周は夏川の手の中で達してしまう。

勝手に体が震え、身を伸ばしたり背中を丸めたりと、激しく暴れてしまった。

ほとんど痙攣《けいれん》のようだ。白い迸《ほとばし》りが、掌をしたたかに打つ。

ほどなくしてティッシュを引き抜く音が聞こえてきた。

「——っ、は……ぁ、っ……」

こんな達きかたをしたのは初めてで、周は心臓の存在を意識する。

ドンッドンッ！　と、内側から肋骨《ろっこつ》や筋肉をノックしているみたいな鳴りかただ。全力疾走した時だって、こんなふうにはならなかった。

周はハァハァと息を上げ、喉笛を晒して顔を上向ける。天井の白いシーリングライトの中で、電球色の小さな蛍光灯が灯《とも》っていた。ぼんやりと、視界に靄《もや》が掛かって見える。

「先生……」

周は必然的に夏川の体にもたれる恰好になり、彼の体温を背中で感じた。

耳に寄せられていた唇が頬に移動してきて、唇まで迫ってくるのがわかる。

嘘みたいに心地好くて幸せで、頭の中が沸騰した。遠慮も何もかも蒸発し、願望だけが残る。キスしたい、もっとぎゅっと抱き締められたい。「好きです」と言われたい。

そして自分も言いたい——。

「俺、先生のこと好きですよ」

後ろから囁かれ、キスをされる。そして、まさに「ぎゅっ」と抱き締められた。

願望がいくつも、それも急に叶うとパニックに陥るのだということを、周は知る。我を忘れながらも唇だけはしっかりと受け止め、夢ではないことをひたすら祈った。

5

携帯のアラームが鳴り、周《あまね》は目を覚ます。設定したのは九時半だった。

目を覚ましても時間の認識しかなく、数秒してから自宅ではないことに気づく。まずはバスタオルの巻かれた枕《まくら》に目を留め、半面を埋《うず》めていたそこから顔を上げるなり、昨夜の出来事を思いだした。

——っ、そうだ……夏川《なつかわ》さんの家に……。

ここは二階にある夏川の部屋で、ベッドはもちろん彼の物だ。

しかし一緒に寝たわけではない。彼は「客間の和室は物置状態なんで、俺の部屋で寝てください」と言って、この部屋を周に明け渡した。

夏川自身は両親の寝室で寝たが、嫌なムードになったとか、ぎこちないから離れ離れになったというわけではない。

昨夜リビングのソファーで周が果てたあと、彼は少し照れた様子を見せ、「すぐに風呂《ふろ》の支度してきますね」と言ってバスルームに向かった。

それによって二人の間に流れる空気は平常時に近いものに切り替わったが、決して悪い雰囲気ではなかったのだ。周の主観に過ぎないが、むしろいい感じだったと思っている。

会話と言えば、「入浴剤はどれがいいですか？」とか、「明日は休みだから十時に起きて一緒に朝食作りましょうか」など、受け答えに困ることのないものばかりだった。

夏川はタオルや寝間着の他に、使い捨て歯ブラシを用意してくれたり、洗い立てのバスタオルを枕に巻いてくれたり、寒かった時のためにエアコンのリモコンをベッドサイドに置いてくれたりと、とても気を遣って親切にしてくれたので、周は別の部屋で寝ることに不満などなく、嫌われてしまったかと怯《おび》えることもなかった。

男の部分に触れられたにもかかわらず、「先生のこと好きですよ」と、彼は確かにそう言ってくれたのだ。気分は薔薇《ばら》色……浮かされるばかりで沈みようがなく、昨夜の周は夢うつつで入浴して床に就いた。約束の起床時間より三十分早くアラームを設定してみたものの、興奮して一睡もできないと思っていたくらいだ。

——ベッドに入ってからの記憶が……ないや。

周は自分の意外な図太さに一笑して、夏川の部屋を改めて見渡す。

八畳間にはメタルラックや組み立て家具がいくつかあり、おおむね片づいていた。洋服や書籍、ＣＤや各種リモコンなども収めるべき場所に収まっていて、埃《ほこり》なども目につかない。一戸建てを一人で管理しなければならず大変だと言っていたが、家全体もこの部屋も十分綺麗《きれい》にしてあった。

——ん？　メモ？

静かに部屋を出ようとした周は、ドアの下に置いてある紙に目を留める。

おそらく隙間《すきま》から入れられた物だろう。手に取らなければ読めない大きさの文字で埋め尽くされたそれは、よくあるブロックメモの一枚だった。

『おはようございます、昨夜はありがとうございました。急な仕事で出社になってしまいました、すみません。朝食はコンビニで買ってきたので、どれでも好きな物を食べてください。鍵《かぎ》はダイニングにあります。庭の犬小屋の中に隠してもらえると助かります。犬はいないので大丈夫です。昼頃にメールします！』

周は扉の前に立ち尽くしたまま、なんとも言えない寂寥《せきりょう》感に襲われた。

休みのはずの土曜日に朝から急に呼びだされた夏川は、いったい何時に起きて、いつの間にコンビニに行ったのだろう。

キッチンには昨日の残りのご飯があるはずで、他にも食パンの買い置きや、卵やハムがあったのを記憶している。それ以外に、周が手土産として焼いてきたスコーンもある。

――僕がいなければコンビニに買い物なんて行かなかったんじゃ……。

周は夏川の部屋を出て階段を下り、スリッパを鳴らしながらダイニングに向かった。

テーブルの上にはコンビニで買ってきたばかりのサンドイッチやサラダ、おにぎりが置いてある。複数の中から選べるくらいの量があり、さらに駅までの道順を書いたメモに家の鍵が添えられていた。

一応《いちおう》客人である周を残し、「自分で適当に作って食べて」と言っていると取られかねない状態で出かけるわけにはいかなかった彼の気遣いが、周にはよくわかる。

コンビニが近くにあるとはいえ、急いで出かけなければならない時に気を遣ってくれてありがたいと思っている。

——でも、起こしてほしかったな。夏川さんが支度してる間に、僕は朝食を作って……そのまま一緒に出るとか、間に合わないようなら僕は片づけをしてから帰るとか……。

周は彼が買ってきてくれたサンドイッチを見下ろしながら、憂鬱《ゆううつ》な気分で椅子《いす》を引く。

これから付き合うと決まったわけではないが、夏川に頼ってほしい甘えてほしいという気持ちが強く、今は無力感でいっぱいだった。

ところが次の瞬間、周の胸に小さな衝撃が走る。

普段は口にしない、食品添加物だらけのサンドイッチを手に取った時だった。

強く握ってはならない物を加減して摑《つか》む動作から、周は彼がコンビニでこれを手にした時のことを想像する。棚にある商品の中から選び取って、かごに入れる姿だ。

「あ……」

至極なんということもない光景を頭に浮かべた周は、我に返って反省する。彼の思考や行動を辿《たど》ると同時に、これまで繰り返してきた自分の過ちを思いだしたのだ。

交際相手の都合に合わせ、相手が快適に過ごせるようできる限り尽くし、無理をして、やがてそれが当たり前になって感謝されなくなるパターンばかりだった。

やってあげるのが当たり前という状態から、やれと命じられる段階になった頃には恋も冷め、便利な家政夫でしかないならもういい——と結論を出して別れを切りだす。

周が自分にぞっこんだと思って見縊《みくび》っていた相手は、急に生活レベルが下がって困り、それまでの不遜《ふそん》な態度はどこへやら……妙に甘ったるい声で電話をかけてきて、「お前の手料理が食べたいんだよ」「お前がいなきゃ駄目になる」と、一層冷める言葉を並べた。

この人のために何かしてあげたい。そう思うことはとても大切なことだ。けれどそれは一方的であってはいけない。かといって見返りを求めてばかりでもいけない。

男も女も関係なく、恋人同士が付き合うこと——つまり、相手を想い合い、愛し合うということは、気持ちの矢印を自然に向き合わせる行為だ。

少なくとも今の段階で、夏川は「先生のために……」と思い、慌ただしい中コンビニに向かった。自分の都合で早く起こすよりも、こうするほうがいいと判断し、メモと地図と鍵を残して静かに出社したのだろう。

彼の選択は周の希望とは違っていたが、そんなことは大した問題ではないのだ。

まだ知り合って間もないのだから、合致しないことがあるのは当然。

しかし二人の間には、一番大切なものが生まれつつある。

「いただきます」

周はサンドイッチのフィルムを引き、中身を取りだした。

白い三角形のパンの間に、ハムやレタス、スライスチーズが挟まれている。

パンの香りは飛んでいるし、レタスはマヨネーズの油分で部分的に透けていた。食感もレタスらしいシャキシャキ感は失われていたが、それでもとても美味《おい》しくて――これから先どんなに気合を入れて作っても、このサンドイッチには敵《かな》わない気がした。

自宅マンションに戻ってから数分後、周の携帯にメールが届く。

母親は出張で明日の夜まで戻らないので、家の中は出かけた時とほとんど変わっていなかった。シンクに置いてあったマグカップやスプーンを洗っていると、ポケットの中から電子音が響きだす。振動のパターンを個別に設定してあるので、見なくても夏川からだとわかった。

メモで予告されていたので楽しみに待っていたが、即座に開くのは勿体《もったい》ないような……そして少し怖い気持ちもまだあり、周はあえてゆっくりと手を拭《ふ》く。

あまり過剰な期待をしないよう自分の胸に言い聞かせてから、メールを開いた。

もう十二時を過ぎているが、件名は『おはようございます』とある。肝心の本文は実に簡潔で、『今朝はすみません。今から電話してもいいですか?』というものだった。

予想外の内容に驚喜した周は、『お仕事お疲れ様です。お電話お待ちしてます』と即座に打った。いそいそと送信すると、間を置かずに携帯が震えだし、着信画面になる。

表示されている名はもちろん、『夏川光司《こうじ》』だ。

「はい、お疲れ様です」

『先生、今朝はすみませんでした。怒ってますか？』

「いえ全然っ、朝食とか用意していただいてすみません。ありがとうございました」

ご馳走《ちそう》様でしたと言うべきだったか、でも「ありがとう」でも問題ないかな……と焦りつつも興奮気味の周は、夏川から『自販機トラブルで駆けつけなきゃいけなくなって』と事情を聞かされる。昨夜の会話の中で、自販機設置の営業に関する話や、ちょっと笑えるトラブルの話を聞いていたため、大まかには理解できた。

しかし今日のトラブルはまるで笑えない話で、自動販売機に内蔵されたリモコンを不正操作して、商品を抜き取られるというものだった。そういった手口が横行していることはニュースで知っていたが、身近な人が巻き込まれるとは思っていなかったので、周は話を聞いていて酷《ひど》く悲しい気持ちになる。いつの間にか手が汗ばんでしまった。

『先生を起こして一緒に食事してから出たいとは思ったんですけど、なんかちょっと……下心みたいなのがあったっていうか……でもそのせいで置いてけぼりにしちゃって、申し訳ないことをしたと思ってます』

「下心？」

その言葉に性的な妄想を禁じ得ない周とは裏腹に、彼は『すみませんでした』と神妙に謝る。冗談めいた感じも色事に絡んだ艶《つや》っぽさもなく、実に真剣な口調だった。

『誰かが家にいる状況で、出かけたかったたっていうか……』

夏川はとても言いにくそうに告白し、そのまま黙り込んでしまう。

屋外からかけているらしく、電車の到着アナウンスや人混みのざわめきが届いた。

──誰かが家にいる状況……『誰か』が……。

沈黙は続き、夏川の感情を察した周は容易に口を開けなくなる。

まるで誰でもよかったかのような、『誰か』という言葉に悄気《しょげ》かけてしまったが、あ、この人は本当に淋《さび》しかったんだな──と思うと、勝手に落ち込んでもいられない。

周は携帯を耳に当てたまま、家主のいない犬小屋を思いだした。

詳しい事情は知らないが、父親の転勤に家族全員がついて行くことになり、夏川一人があの家に残されてしまったのだ。犬まで連れていかれて一人ぼっちになった彼は、母親の手料理を食べて毎朝見送られる生活から一転──なんでも自分でこなし、手のかかる一戸建てを管理して、誰に見送られることもない生活をしなければならなくなった。それは、成人男子が家を出て一人暮らしを始めるのとは違う。たまには誰かを家に残して、背後に温《ぬく》もりを感じながら出かけたい気分になるのも、なんとなくわかる気がした。

「僕は……置いてけぼりでもいいんですよ。気にしないでください。できれば夏川さんと一緒に朝食を取って、お見送りしたかったですけど」

『先生……』

周の言葉に、夏川は安堵《あんど》の息をつく。周も同じような息をついた。

自分は夏川に恋をしているが、彼の自分に対する感情は、恋愛というよりは人恋しさが先に立つのだと気づいてしまった感はある。元々夏川がゲイに寛容な性格だったことと、周が彼にとって魅力的な『家庭料理』のエキスパートであるために、通常レベルの好意を越えることができたのだろう。極めつけはおそらく、昨夜作った『おふくろの味』だ。

しかし理由はどうあれ、夏川が自分に興味を持ってくれたことや、男の部分に触れても嫌がらず、繫《つな》がろうとしてくれたのは事実だ。せっかくのチャンスを、ぐだぐだと悩んでふいにするのは勿体ない。

「夏川さん、よかったら近いうちにまた、一緒に何か作りましょう」

『はいっ、是非』

「それで、今度は朝食も……」

一生分の勇気を振り絞ったと思ったのは、これが二度目だった。一度目は初恋の人への告白——それは玉砕《ぎょくさい》し、ノン気を避けるほどのトラウマになったが、それなのにこうしてまた飛び込めたのは、夏川が正直に自分を見せてくれるからだ。

『もしもし？　すみません、電車が通ったんでよく聞こえなくて』

彼はさらにもう一度、『もしもし？』と言ってくる。

夏川が今、単純に淋しいだけだとしても構わない。付き合う前から、別れる時や、そのあとのことを考えて落ち込むのもやめよう。今は今日明日の幸せのために、夏川と恋仲になれるよう突っ走るんだ——周は覚悟を決めると、「今度は朝食も作らせてください」と、必要以上に大きな声で言った。自分で自分にびっくりする。

『あ、はい！　是非お願いします。泊まりとか大歓迎ですから。近いうちと言わずに今夜どうですか？　さすがに迷惑かな』

夏川の言葉に、周はつい顔を振る。ぶんっと横に振って、電話だということを思いだすなり「全然迷惑じゃないですっ」と答えた。駅の騒音のせいで夏川が大きめの声を出しているので、釣られて周の声もどんどん大きくなる。

『じゃあ早速《さっそく》今夜にでも』

「は、はい！　また西船橋《にしふなばし》で、昨日と同じ所で待ち合わせしますか？」

『いえ、先生に来てもらってばかりじゃ申し訳ないんで……差《さ》し支《つか》えなければ俺が先生の所に行きます。先生のお母さん、日曜の夜まで帰らないんですよね？』

「え……あ、はい」

周は考えてもいなかった提案に驚き、すぐさま周囲を見渡した。

整理整頓《せいとん》を心掛けているので、キッチンもダイニングもリビングも片づいてはいるが、客人を迎えるとなると少し気になるところもある。特に自分の部屋が気になった。今からシーツと枕カバーを交換しなきゃ、と焦りだす。

『あ……なんか勝手なこと言っちゃってすみません。いくらなんでも図々しかったかな。先生は一人暮らしじゃないんだし、男が来た痕跡《こんせき》とか残ったらまずいですよね？』

「大丈夫です。普通に友達とか来ることもありますし、それにうちは……カミングアウトしてるんで、全然もう、是非」

『ほんとですか？　じゃあお言葉に甘えてお邪魔《じゃま》しますね。具体的な時間は改めてメールします。まだやることあるんですけど、たぶん六時くらいには行けると思うんで』

「はい、ご連絡お待ちしてます。お仕事、頑張《がんば》ってください」

周は電話を切ると、携帯を握り締めたままガッツポーズを取った。

特に意識してそうしたわけではないが、人の体は「よしっ！」と思うと自然にそういう形を取ってしまうものらしい。今初めて知った。

──夏川さんをうちに……それも、泊まりで……っ！

わぁ、わぁ、わぁ……っと、心の中から歓喜の声が沸く。

周はこれまで、恋人を家に入れたことがなかった。送ってもらう場合もマンションから離れた駐車場で降ろしてもらっていたし、相手からも、家に行きたいとか親に紹介しろと言われたことがない。ゲイの恋人同士の場合、親と同居している相手の自宅に行くという考えが、一般的ではないのだ。交際相手が一人暮らしの男ばかりだったこともあり、周が行くのが当然になっていた。

「片づけなきゃ」

まだ十分時間があるにもかかわらず、周は足早に自室に向かう。

普通の友達ではなく、かといって恋人でもない男を自宅に招き、いきなり泊まらせるという行為に興奮を禁じ得なかった。焦りはするが、しかし後悔はしていない。

過去に付き合った男達とは違って、夏川に対しては自分を晒《さら》したくなる。

テリトリーに入ってきてほしいとさえ思うのは、こちら側のことを知って、じっくりと吟味したうえで選択してもらいたいからだ。

――まずは、あれを……。

周は八畳足らずの自室に入ると、ベッドの下に隠していた箱を取りだす。

掃除は周がするので、特に厳重に隠しているわけではない箱の中に、コンドームとゲイ御用達の粘度の高い潤滑剤が入っていた。独りでする時にどうしても後ろを弄《いじ》りたくなるため、ゴムに指を二、三本入れて自慰に使うことがある。

人間いつ何があるかわからないため、周は自分に万が一のことがあった場合を想定し、バイブやゲイ雑誌の類は一切置いていなかった。成人男子の持ち物として不思議ではないコンドームと、ボディローション用の容器に移し替えた潤滑剤《じゅんかつざい》だけなら、母親にショックを与えることもないだろうという考えだ。いくらカミングアウトしているからといって、あまり生々しいところは見せたくない。

——うちにしてくれてよかった……持参するのは抵抗あるし、夏川さんは持っていたとしてもゴムくらいだろうし。まあ、そもそもするとは限らないんだけど……でも、昨夜の流れから今夜お泊まりとなると、やっぱり覚悟は必要なわけで……。

周はいざという時に取りだしやすいよう、箱の中の物をベッドの宮に移す。

そこには抽斗《ひきだし》がついていて、コンドームの箱やローションを隠すことができた。

今夜、夏川ときちんと交際することになればいい——それにしても展開が早いが、彼が望んでくれるならベッドを共にし、明日の朝は一緒に朝食を作りたい。

もし彼がセックスしてから今後のことを考えたいと思っているなら、好きなようにしてくれていい。彼はノン気なのだから、周がこれまで守ってきたルールを通せなくなるのは当然だ。寝てみた結果、交際するのは無理だったとしても、それどころかセックス自体が成立せずに終わったとしても、目の前の恋心から逃げなかった事実を大事にしたい。

——どうなっても後悔しない……うん、絶対しない。

周はベッドカバーとシーツを外し、丸めたそれを胸に抱いた。

6

夏川《なつかわ》がカレーを作ってみたいというので、周《あまね》はスーパーに行って買い物を済ませた。マンションが駅から遠いこともあり、彼が「タクシーで行きます」と言ったからだ。

周はもちろん迎えにいくつもりでいたのだが、彼の提案どおりにしたかったので、住所をメールしてから買いだしに行った。

——なんかちょっと言いなりっぽかったかな？　いや、でも僕が駅まで迎えにいくことのほうが尽くしてる感は出るわけだし、この場合はこれでよかったのかも。

周は食材をキッチンに並べながら、過去の交際パターンについて真剣に考える。

恋心が燃えているうちは、相手に好かれるために必死だった。まずは自分の存在価値を高めようとして、自宅と恋人の家の両方で家事をこなし、仕事もする。しかしやればやるほど感謝されなくなり、身も心も疲れて冷めるという残念な恋ばかりだった。相手が悪いだけではなく、いわゆるダメンズを自分が助長してしまっていることを、周は自覚している。だがそれも終わりだ。度重なる過ちを、今度こそ絶対に繰り返したくない。

——ルーは美味《おい》しいのを買ったし、お肉も野菜もたっぷり。一緒に作るんだからあまり触らないでおいて、ご飯だけ準備しておこうかな。

周はエコバッグから取りだしたルーの箱を見て、くすっと笑う。

夏川が受講しているコースにカレーはないが、教室で教える場合、市販の固形ルーは使わない。しかし今夜の目的は本格的なものを作ることではなく、「夏川が好きな物を気軽に作れるようにする練習」を兼ねているので、あえて市販の固形ルーを購入した。

せめてちょっとくらい変わったことをしようと思い、大量のピーマンも買ってある。

今日のカレーは、周が激辛好きな母親のために考えたピーマンとセロリのカレーだ。辛さを愉《たの》しみつつも唐辛子を控えて野菜を多く摂《と》れる、健康や胃に配慮したカレーで、ピーマンはスライサーで薄く切ってさらに刻んで入れると、形が見えなくなるほど溶けて辛さが出る。セロリはすりおろすか、セロリの効いた野菜ジュースで代用してもいい。

夏川は辛いものが好きだと言っていたので辛口のルーを購入したが、仮に甘口のルーを使っても、使う食材次第で大人味にできる。全部入れるかどうかは夏川と相談だが、一応《いちおう》ピーマンを八個買ってきた。ルー一箱に対してこれだけ入れるとピリ辛度が高くなり、香辛料を増やさなくてもハフハフ言いながら食べられる。

——まだ時間あるから……シャワー浴びておこうかな。

周は自分の発想に頰《ほお》を染めつつ、「一応、一応ね」と心の中で言い訳する。

彼が駅に到着するのは六時頃、あと一時間くらいだ。余裕があるつもりだったが、案外ないことに気づいた周は、エプロンを外してバスルームに向かった。

念入りに体を洗って着替え、髪を乾かしていると、ドライヤーの音に紛れてチャイムの音が聞こえてくる。近所迷惑にならないよう小さめに設定しているため、気づくのが少し遅れてしまった。

周は時計を見る余裕もなく「はーい！」と答え、玄関に向かう。

まだ六時にはなっていないはずだが、夏川かもしれない。そうでなければ宅配便や回覧板、宗教勧誘やセールスといったところだろう。マンション自体が古いので、玄関前までいきなり来られてしまう構造だった。

「はーい、どちら様ですか？」

もう一度声をかけてみたが返事がなく、周はドアスコープを覗《のぞ》いてみる。

チャイムが鳴ったのは気のせいだったのではないかと疑い始めていた。携帯にしても、連絡を心待ちにしている時は、振動してもいないのに振動を感じたりするものだ——。

「……っ⁉」

小さな丸い穴の向こう……縁が少し曇ったレンズ越しに、予想外の人物が立っていた。

周は一瞬にして凍りつき、息を殺す。目を疑いながらも確信していた。

金属製のドアの向こうに立っているのは、元恋人の鷹森《たかもり》だ。つい先日、街コンで会った沢木智成《さわきともなり》に似ているが、一年以上も交際していた男だ——さすがに間違えることはない。

——鷹森さん……っ、どうして……。

居留守を使おうにもすでに遅く、鷹森はドアの向こうから「周、開けてくれ。母親留守なんだろ？」と声をかけてきた。さらにチャイムを押し、とどめにドアを叩《たた》いてくる。二度も応じてしまったのだから、いまさら居留守は使えない。それに、和子が留守だと知っている理由が気になって、周はドアガードを嵌《は》めたまま錠を外した。

「周っ、お前どうして携帯に出ないんだ。着拒《ちゃっきょ》とかしてんなよっ」

ドアを開けたのは、周ではなく鷹森だった。ドアガードが壊れるかと思うくらい激しい音がする。ガンッ！　ガンッ！　と鳴って、そのうえ、足と手を入れられてしまった。

黒いワーキングブーツと大きな手に怯《ひる》むうちに、腕を引っ摑《つか》まれる。

「放してください！　どうしてって、鷹森さん、貴方《あなた》こそどうしてうちに来るんですか？　僕達ちゃんと話し合って別れましたよね。いまさら連絡取る必要なんてないし、こんなのルール違反ですっ」

「何がルール違反だよ！　それはこっちの台詞《せりふ》だろ!?　お前わかってんのか、一年以上も続いてたんだぞ。それをいきなり別れるとか言われても納得いかないだろ!?」

「ちょっと、玄関先でやめてくださいっ」

周は腕を振り払いながら、控えめな声で抗議した。

この時間帯は夕食の買いだしに行く人がいたり、子供が外から帰ってきたりと、何かと人通りが多い。上下の階にも筒抜けなので、どうあっても鷹森を黙らせるしかなかった。

「騒がれたくなかったら中に入れろ。俺は話し合いがしたいだけだ」

「……っ、靴は脱がないでくださいね。玄関までで……」

話し合いなど疾《と》うに終わったはずなのに、何故こんなことに──苛立《いらだ》ちながらも鷹森を怖いと感じた周は、ドアガードを外すのを理由に足を引いてもらったあと、もう一度施錠したくなる。しかしそんなことをすれば大声を出されたり、かえって恨みを買ったりして大変なことになる予感がした。結局、ドアを閉じただけで施錠はせずにガードを外すと、外側からドアを開けられる。

「あっ、ちょっと待ってくださ……っ」

鷹森は勢いよく飛び込んできて、周の両肩を摑んだ。大きな手による鷲摑《わしづか》みだ。

「別れるなんて言わないで、頼むから俺のとこに戻ってきてくれっ」

「鷹森さん、なんで母がいないこと知ってるんですか？」

「真っ先に言うことはそれか？　昨日ここに来た時、この部屋からデカいバッグを持って出ていく人を見たからだ。お前は留守だったけどな。車で出かけたし、今も車がないってことは留守だろ？　いくらなんでも親のいる時に来るほど非常識じゃない。なぁ、わかるだろ？　お前がいないと困るんだよ、わかれよ。俺がこんなこと言ったことあるか？」

体をぐらぐらと揺らされながら、周は続く鷹森の言葉を聞く。「外食もデリバリーも飽き飽きだし、部屋は片づかないし、ストレスたまってどうしようもないんだ」と訴えられ、これまで見たこともないくらい真剣な顔をされた。周は窮状を訴えられてざまあみろと思うほど歪《ゆが》んではいないが、同情する気にはなれない。「自分でやれば？　それが普通だよ」と言い返したくなるのをこらえるばかりだった。

「毎日通ってくれとは言わないし、お前が来てくれる日には家まで必ず送るようにする。迎えにこいって言うなら行ってやるし。これまでは……雨降ってる時しか送らないとか、ケチなこと言ったのは悪かった。ほんと反省してる。お前に甘えて色々と、結構酷《けっこうひど》いことしてたって気づいたんだ」

――そうですね……浮気も、把握してるだけで三回もしたし……開き直ったし、自分は仕事のことでもなんでも愚痴《ぐち》るのに、僕が自分の話をすると嫌な顔をして、「その話いつになったら終わるわけ？」って、舌打ちまでした。あの頃の僕は何かの病気だったのかもしれない。なんで耐えてたんだろう？

「おい、なんとか言えよ。悪かったって言ってんだろ？」

「何を言ったらいいのか。謝ってるようには見えないし」

「は？　これが俺だろうがっ」

「そうですね、それが貴方だ」

元々は声を荒らげることすら滅多にない男が、鼻息荒く語っているのが不思議だった。

この人はいったい、いまさら何を言ってるんだろう……と純粋に疑問に思う。

　そして鷹森に対してだけではなく、自分自身にも苛立った。本当に、どうしてあんなに大変な思いをして二軒分の家事をしていたのか、心が冷えきるまでのことはいいけれど、何故そのあともずるずると彼の世話を続けてしまったのか——。

「ケチなのは、送るとかそういうことだけの問題じゃないですよね。食事を作れって言うわりに食材費を出そうとはしないし、毎日来てくれって言いながらも交通費はくれない。僕はあまり収入のいいほうじゃなくて、貴方は自分の稼ぎと仕事の大変さを自慢しながら僕のこと馬鹿《ばか》にしてましたよね？　べつにお金がほしかったわけじゃないんです。でも、貴方が『出すよ』ってちゃんと言ってくれて、僕が『気にしないでください』って答えるとか……人として、そのくらいのやり取りはしたかったたです」

「周……っ、悪かった。金ならちゃんと出すから、今までの分も払うしっ」

「言われてからやるとか……僕が求めてるのはそういうんじゃないんです。最初のうちは料理を褒めてくれたし、掃除をすればありがとうってちゃんと言ってくれた。それだけで十分でした。でもそれもなくなって……ある日ふと気づいたんです。僕みたいなお手伝いロボットが一家に一体あったら、さぞかし便利だろうな……僕もほしいなって」

「——っ」

「それで……そのロボットを貴方にあげたいと思いました。そしたら僕は解放されるし、貴方も僕のことなんか忘れるでしょう？　どうせ……っ、どっちだっていいんだろうし」

話しているうちに感情が昂《たかぶ》り、周は思いきり身をよじらせる。鷹森の手から逃れ、彼と目を合わせないようにしながら、「もう帰ってくださいっ」と声を荒らげた。

「お前……なんでそういうこと付き合ってるうちに言わないんだよ！　いきなり別れたいとか言われても納得できないの当たり前だろ？　確かに俺は身勝手だったし、お前が俺にベタ惚《ぼ》れだと思って調子こいてたよっ、それは認めるけどな……っ、お前も俺に求め過ぎなんだよ！　エスパーじゃねぇんだから、お前の望みどおり動けるわけないだろ⁉」

土足のまま家の中に半歩踏み込まれ、周は鷹森に胸倉を摑まれる。

喧嘩《けんか》などしたことがなかったので、交際中に暴力を振るわれたことはなかった。

思いだすのは別れた日の夜――あの日、鷹森から初めて乱暴に扱われ、突き飛ばされた挙げ句に鏡に肘《ひじ》を打って割ってしまった。縫うほどの怪我《けが》ではなかったが、シャツの袖《そで》が血塗《ちまみ》れになり、二人して泡を食ったのだ。

「望みどおり動けなんて言ってません。僕はただ、思いやりがほしかっただけです。結局それは、好かれたかったってことです。好きだったら、そういうのって普通に湧《わ》いてくるでしょう？　貴方には愛情がなかった……っ、僕を好きじゃなかったから！」

肘の痛みが蘇《よみがえ》るように感じられ、身も心も確かに怯《おび》えていた。

それでも周は声を張り上げ、鷹森の顔を見ながら訴える。いまさらどうにかしてほしいわけではないのに、積もり積もった不満が噴出してしまった。

「だから、俺はお前が好きだし、これからはちゃんと大事にっ」

「もう遅いんです。好かれたいと思ってたのは最初の頃だけで、むしろ嫌われたいと思うことのほうが多くなったから別れたんです。どうにもならないのわかるでしょう?」

交際時よりも硬い喋《しゃべ》りかたをし続けた周は、これからここに来る夏川のことを気にしていた。早く追い返さなければ鉢合わせになってしまい、せっかくの楽しい時間を台無しにされてしまうと思うと、鷹森の体を押し退《の》ける手に力が入る。

「いい加減もう帰ってください。本当に迷惑なんです!」

「お前が頑固だからだろ⁉ 俺達は一度だって喧嘩もせずにやってこれたんだぞ。別れる理由なんかないだろ? 話し合って改善すれば済む話だっ」

「僕の頭の中では、耐える自分と放りだしたい自分が常に喧嘩してました。性格の不一致とか価値観の相違とか、夫婦の間でもそういうのが離婚理由になるのは知ってますよね? 別れる理由がないと思ってたのは貴方だけです」

「だから改善するって言ってんだろ! お前が俺にどうしてほしいか箇条書きにでもしてくれよ。マジで直すから。とにかくまた寝てみりゃ気分も変わんだろ? お前いつもそうだったしな! 俺がお前の家事目当てなら、お前は俺の体目当てだったじゃねーか!」

「ちょっと、やめてください!」

玄関と廊下に段差はほとんどなく、鷹森は片足を踏み入れたまま周の体を引き寄せる。

外に連れだそうとしているのは明らかだった。下駄箱の上にあった鍵《かぎ》を勝手に摑み、「今からうちに来い！」と威圧的に怒鳴る。

「やめて……っ、行くわけないでしょう！　放して！」

「いいから来いよ！　大事にするって言ってんだろ！」

「何それ、わけわかんないよ！　放せっ！」

抵抗して壁にぶつかった周は、肘を打って顔を顰《しか》めた。怪我はもう完治したが、新たな痛みが血のついた鏡を連想させる。

「……っ！」

可能な限り暴れていたその時、突如チャイムが鳴り響いた。

はっと顔を上げた周は、外からドアが開かれるのを目の当たりにする。

鷹森も、鍵を握って周を羽交《はが》い絞《じ》めにした恰好《かっこう》のまま、大きく反応した。

「っ、あ……」

「だ、誰だ？」

チャイムの余韻が残る空間に割って入ったのは、夏川だった。

怒りの形相で、「失礼します」と低い声で言うなり、鷹森の腕をぐわっと摑む。

「乱暴するのはやめてください。もう別れてるんでしょ？　そういうの、みっともないと思わないんですか？」

「——なんだよ、お前……っ、結局そういうことかよ！　若い男がよくなって乗り換えただけの話じゃねぇか！」

鷹森は自分よりも体格のよい夏川を前に、ようやく周を解放した。鍵も足下に向かって投げつけ、したたかに舌を打つ。

周はすぐに「違う！」と否定したかったが、押し黙ったまま先のことを考えた。

夏川に迷惑をかけないよう、夏川の名前や、料理教室の生徒だということを口にしてはならないと思い、慎重に息を呑《の》む。そのうえで夏川との関係を否定しなければならない。鷹森の怒りが、夏川に向かうようなことがあってはならないからだ。

「そういうんじゃありません。この人はノン気だし、ただの友人です」

「いえ、違います。友人なんかじゃありません」

周が鷹森に告げるや否や、夏川が両手を開き気味にして滑り込んでくる。

左手に鞄《かばん》と洋菓子店の袋を提げていたが、鞄だけを床に下ろし、袋は指先に引っかけた状態のまま周と鷹森を切り離した。広くはない玄関に、男三人が三つ巴《どもえ》状態で並ぶ。

「今日は先生に告白するつもりで来たんです。どうなるかわからないけど、どうなろうと俺は貴方よりもずっと先生を大事にするんで、諦《あきら》めてもらえませんか？」

夏川は周の体を片手で引き寄せながら、鷹森の顔を真《ま》っ直《す》ぐに見据えた。

毅然《きぜん》とした態度というに相応《ふさわ》しい表情と姿勢に、鷹森は明らかに圧《お》されている。年若い

夏川から面と向かって宣言されたことで、怒鳴《どな》り返すこともできない様子だった。

——夏川さんっ、告白って……。

本気だろうか……それとも親切で一芝居打ってくれているのだろうか——喜ぶにはまだ早く、周は動揺したまま二人の顔を交互に見る。そして、鷹森が唇をきつく引き結ぶ様を目にした。眉《まゆ》は吊《つ》り上がり、ひくついている。

「周と、付き合うなら……ちゃんと感謝を示したほうがいいぞ。最初だけじゃなく……」

仏頂面で目を逸《そ》らしながらも、鷹森は確かにそう言った。

膝を曲げて投げつけた鍵を拾い上げると、下駄箱《げたばこ》の上に戻す。結局そのまま、周と顔を合わせることはなかった。「悪かったな……」とだけ言って扉の向こうに消えていく。

途中で離されたドアは自然に閉まり、空間が完全に分断された。

——鷹森さん……。

気持ちのうえではすぐに施錠したかった周は、鷹森の気持ちを慮《おもんぱか》ってしばし待った。すぐに鍵をかけず、足音に耳を澄ますようにして待つ。どんなに静かに回しても、鍵はガチャンッと音を立て、廊下にまで聞こえてしまうからだ。

「なんだ、殴り合いも覚悟して飛び込んだのに、そんなに悪い人じゃなかったんですね」

余裕を見せていた夏川は、ほっと息をつく。

そしてドアに近づくと、「鍵、閉めていいですか?」と訊《き》いてきた。

鷹森がエレベーターに真っ直ぐ向かって歩いていれば、そろそろ聞こえない頃だろう。

周は少し間を置いてから、「はい」と答えた。

「先生、大丈夫ですか？」

「すみません、みっともないところを……あの、ありがとうございました」

どこから聞いていたんだろう――そう思うと心臓が飛びだしそうなほどバクバク鳴り、周は開きかけの唇を震わせる。外とドア一枚隔てただけの玄関での会話は、普段から気をつけなければならないものだ。声が少し大きいだけでも筒抜けになってしまう。

「あの人、街コンで会った沢木さんかと思いました。よく見たら違ったけど」

「はい……少し似てて」

「見た目カッコイイし服のセンスもいいし、先生が付き合ってたくらいだから他にもいいとこ色々あるんでしょうね。じゃなきゃ付き合いませんよね？」

「そう、ですね。あの人のことばかり考えてた時もありました」

ぽつりと零《こぼ》した次の瞬間、周は夏川の胸に抱き寄せられる。

驚く暇もない勢いだった。しかも、苦しくなる寸前くらいの強さだ。

夏川は下駄箱の上に洋菓子店の袋を置くと、両手を背中に回してくる。

今度は本当に苦しかった。強く抱かれ過ぎて、夏川の顔がまったく見えない。

「無事でよかったです……携帯にメールしても反応ないし、なんか嫌な予感がして」

「夏川、さ……っ」

「先生、俺ね……以前ホテルのエレベーターで沢木さんと一緒にいる先生を見た時から、なんか変な感じしてたんです」

「——変な、感じ？」

「先生がゲイなんだって思うと、他の男と一緒にいることが妙に気になって、っていうか不愉快で……沢木さんにイラッとした。それで、今日はもう完全に無理でした。この人を他の誰にも渡したくないって、そう思えて止まらなくて——だから、さっきの本気です」

「……っ」

夏川の胸に抱かれながら、周は目を大きく見開き、そしてゆっくりと閉じる。

昨夜は夏川に対する好意を歪めてしまったけれど、今度こそ正しく伝えようと思った。

そのくせなかなか言葉が出てこなくて……強く抱き締められたまま、抱き返すばかりになってしまう。こんなに嬉《うれ》しくて、こんなにドキドキしている自分の想いを、どうやって言葉にしていいのかわからなかった。

「——好きです」

夏川の鎖骨に唇を埋めながら、抱擁の苦しさの中で告白する。

いつまで続くのか、最後はどう終わるのか……心は怯え続けているけれど、そういった暗く重い感情を振りきって彼に抱きついた。スーツの上着がしわくちゃになるくらい力を籠《こ》めると、夏川と深く通じ合えた気がした。明るい光や爽《さわ》やかな風が、淀《よど》んだ胸に満ちていく感覚だ。ああ、僕は彼に浄化されてる——そんなふうに思えた。

「先生、あんまりくっつくと……俺、がっつきますよ」

「夏川さん……」

「元彼との話、結構聞いちゃったんで……今、先生に好きって言ってもらえて幸せ半分、イライイラ半分て感じです。あの人が体で先生のこと繋《つな》ぎ止めてたのかと思うと、イライラっていうか、凄《すご》い……メラメラする」

「……っ！」

急に腕を緩められ、キスを迫られる。夏川は言葉どおりの表情をしていた。

あっという間の出来事で、目を開けたまま口づけられる。靴を脱ぐために動く彼の膝《ひざ》が脚《あし》に当たって、抱き合ったまま一歩二歩と室内を進んだ。彼は前進、周は後退するような体勢で、なんとなくダンスでもしているみたいだ。周はそう思いながらも、夏川の両袖をしっかり摑んで放さない。

「んっ、は……っ、ぁ……」

「——ッ、ン……」

唇を潰《つぶ》し合い、舌を絡ませながら廊下を歩いた。

リビングの手前に周の部屋のドアがあり、周はキスをしたままドアノブに触れる。

思った以上に暗い部屋に雪崩《なだ》れ込むように入って、そのままベッドにダイブした。唇が離れても、体の一部は密着している。脚が絡み、兆した物が布越しにこすれ合った。

「――ん、夏川さ……っ」

「っ、あ……まずった。ゴムが鞄の中だ」

玄関に通勤鞄を置いてきてしまった夏川は、上着を脱ぎながらドアのほうを向く。秋の午後六時は暗く、闇《やみ》に慣れない目では表情を捉《とら》えられなかったが、焦っているのが声でわかった。

周は彼が本当にそういうつもりで来てくれたことが嬉しくて、すぐに「大丈夫です」と答える。ベッドの宮に手を伸ばし、抽斗の中から潤滑剤とコンドームの箱を取りだした。

「開封済みだ。元彼と使ったやつ？」

「いえ、違いますっ」

薄闇の中で受け取った夏川は、箱が未開封ではないことに不快感を示す。

周はすぐに誤解を解こうと、「自分用です。独りでする時の……」と、恥じらいながらも正直に話した。するとたちまち、「え、自分用？」と、素《す》っ頓狂《とんきょう》な声で返される。

「先生、俺にはよくわからないんで説明してください。ゴムを独りで使うって、どういうことですか？　飛び散り防止、とかじゃないですよね？」

目はまだ闇に慣れないのに、彼の表情がありありとわかった。

少し意地悪な響きに、周は快感すら覚える。服を自分で脱ぎ、夏川も脱いでいくのを衣《きぬ》擦《ず》れの音や影の動きで察しつつ、唇を何度か開いた。何度目かでようやく声が出る。

「いえ……指に、嵌めるんです。指専用コンドームの代わりに」

「指専用のゴムなんてあるんですか？　へぇ、初めて聞いたな。……で、指にゴム嵌めてどうするんですか？　そこ是非詳しく。ローションも自分で使ってたんですよね？」

「夏川さんて、結構エッチな人ですか？」

「男がエロくなくてどうすんですか？　俺どう見ても肉食でしょ？」

「はい……」

そういう貴方が大好きです――頭の中で続きを呟きながら、周は下着一枚の姿になる。シャワーを浴びたばかりの体からは、自分でもわかるくらい甘い香りがした。

「なんか、甘くていいにおいがする。美味しそうな感じ」

「こういうにおい、好きですか？」

「大好きです」

にっこりと笑われて、周は目が早速《さっそく》暗がりに慣れてきたことを実感する。

整った歯列や、澄んだ白眼が際立っていた。長年愛用しているボディソープはコットンキャンディーの香りで、胸のあたりをくんくんと嗅《か》がれるのがくすぐったくて心地好い。

「それで、一人でどうやってゴム使うんですか？」

「……っ、その話、まだ続いてたんですか？」

「もちろん続いてますよ。先生は先生なんだから、生徒の質問には答えてくれなきゃ」

そう言いながら乳首にキスをされ、周は「んっ」と喘《あえ》いでしまう。

ベッドマットに後ろ手をついていたものの、がくりと外れてしまった。

体が猛烈に火照《ほて》っているのがわかり、今が秋の夕方でよかったとつくづく思う。きっと頭の天辺《てっぺん》から爪先《つまさき》まで、余す所なく真っ赤だ。

「指に被《かぶ》せて、弄《いじ》るんです……夏川さんの一人エッチとは、全然違うと思います」

「先生もエロい人でよかったです。俺ばっか『したがり』だと上手《うま》くいかないし」

「……それは、ご心配なく」

「先生が一人でするとこ見てみたいけど、今日はそんな余裕ないんで……同じこと、俺にやらせてもらえますか？　これでもちゃんと勉強してきたんですよ。しっかり解《ほぐ》さないと痛いんでしょ？」

夏川も下着一枚になり、爪先まですべてをベッドに上げてきた。

壁に側面を寄せたシングルベッドの上で、折り重なりながらキスをする。

チュッチュッ……と、最初は軽いキスだった。けれど下着に触れ合った時には舌が絡み始め、息継ぎが難しいくらい濃厚になる。

「は……っ、ふ……ぅ」

周は彼の腰に触れ、引き締まったウエストから盛り上がった臀部《でんぶ》に両手を滑らせた。硬くて張りがある双丘は手応《てごた》え十分で、ボクサーパンツを下ろすと手に吸いつくような感触を味わえる。緩みのない瑞々《みずみず》しい体に、感慨と興奮を禁じ得なかった。

「ん、う……っ」

「――ッ……ン」

唇を唇で押される形で倒された周は、ベッドマットに背中を沈め、枕《まくら》に頭を埋《うず》める。お互いの下着を脱がし合うと、ほどなくしてコンドームの袋を開ける音がした。

濃密なキスを止めずにスムーズにできるのだから、手慣れたものだ。

「んっ、う……っ！」

脚を広げられ、後孔を探り当てられるまでは早かった。

揃《そろ》えた二本の指にコンドーム一枚を被せた彼は、窄《すぼ》まりにゼリーを塗りつけながら指を挿入してくる。慎重にゆっくりと進め、周が黙っているとつけ根までずっぷりと収めた。

「ん……っ、あ……！」

「先生、前立腺《ぜんりつせん》ってどのへんですか？　手前でしたよね、このへん？」

「あっ、ぁ……も、もう少し下」

「あ、このコリコリしたとこ？」

「ふあ、あ……っ、ぁ！」

体内で指をぬちゅぬちゅと動かされ、周は返事もできずに仰《の》け反《ぞ》る。

一度前立腺を探り当てた夏川は、指を前後左右に揺さぶりながら一点を攻めてきた。

片方の手で潤滑剤のボトルを摑み、粘度の高いジェルを後孔に注《つ》ぎ足す。コンドームに充塡《じゅうてん》されたゼリーでは足りなくなっていたそこは、潤いを得て卑猥《ひわい》な音を立て始めた。

「あ、っ！　んあぁ……！」

力強い腕が、ずんっと勢いをつけて襲ってくる。体内にあるのは二本の指だけなのに、これでもう十分だと思えるほどの存在感があった。

次第に手の動きは早くなり、続く疑似セックスに周は限界を迎える。

自らの腹を打たんばかりに反り返った屹立《きつりつ》に向かって、快感が一気に駆け上がった。

「あ……っ！」

「駄目ですよ先生、指だけでイッたら俺が淋しいでしょ？　一緒にイッてくれないと」

「――っ、ごめんなさ……ぁ、ぅ！」

吹き零れる寸前の鍋《なべ》に、びっくり水を注がれた感覚だった。

ゴムごと指を抜かれ、夏川の手で両膝を摑まれる。ぐわっと大胆に広げられて、いくら暗くても恥ずかしい恰好をさせられてしまう。そのうえ身を沈めた彼に、いきなり屹立を舐《な》められた。躊躇《ためら》いはなく、唇で触れるより先に舌を突き立てられる。

「や……あっ、ぁ……！」

「――ッ、ン……」

嫌じゃないんですか？　大丈夫なんですか？　そんな言葉が快楽と一緒に頭の中を駆け巡った。部屋が暗いので、これまでの行為はぎりぎりセーフという気はするが、男の物を舐めたりしゃぶったりというのは――普通に考えて抵抗のある話だろう。いくら好奇心で挑戦したとしても、実際にやってみたらオエッとなりそうな行為だ。

「は……っ、ん、ぁ……夏川さ……っ、無理、しないでっ」

このまま中断されるのを避けたかった周は、ヘッドボードに向けて身をよじらせる。夏川の肩をぐいぐいと押し、口を離させようとした。ところが彼は、逆に膝を進めて追いかけてくる。

「んっ、ん――っ！」

シーツをぎゅっと摑んでこらえないと、すぐにでも達してしまいそうだった。日本人男子として平均程度の大きさしかない周の性器は、大柄な夏川の手や口に完全に包み込まれ、その下に吊り下がった物まで揉《も》まれてしまう。

この人は……ノン気の振りをしていただけで、本当は男との経験があるんじゃないかと疑いたくなるほど積極的だった。喉《のど》奥深く性器をくわえられた周は、過敏な双玉を薄皮の中でこすり合わせるように扱《しご》かれる。

「や……や、めっ、ぁ……もう、イッちゃ……っ」

いくら肩を押しても離れなかった夏川は、周がそう言うなりジュポッと顔を引いた。雄の根元や袋を扱いていた手の動きを緩やかにして、上目遣いで見つめてくる。先程までよりもずっと、表情がわかるようになっていた。

「このままイッてもいいんですけど、今日はやっぱり一緒に」

「嫌じゃ、なかったですか？」

「全然。先生の体についてる物だと思えば余裕ですよ。それに綺麗だし。なんなら後ろも舐めましょうか？」

「い、いいです……っ、それより……早く……」

「──ん？　早く、なんですか？」

「あ……っ、ぁ……」

夏川はさらに膝を進めて、いきり立つ物を周のあわいに当てる。

ゴムのゼリーや粘度の高いローションでどろどろになった窄まりを、亀頭《きとう》でクチュッとほじくる動きをみせた。そのくせ完全には挿入せずに、浅い所を行ったり来たりする。

「……っ、や……焦《じ》らさないで……っ、れて……」

「このままでいいんですか？　あ、病気とかはないですよ」

「ん……っ、そのまま……そのままが、いいです。早く……っ」

「はい。じゃあ、このまま」

これ以上何もつけなくても十分だったが、夏川はジェルのボトルを再び摑んで、自身の性器に垂らす。余程濡《ぬ》らさないと駄目だと思っているらしく、まんべんなく塗り広げた。

そして周の膝を押さえながら、後孔に先端を埋める。腰の動きは慎重だった。

ずぐっ、ちゅぐっと、肉同士がこすれ合って抵抗する音が立つ。

夏川は次第に加減がわかってきたらしく、張りだした肉笠を使って、周の後孔を何度も拡張した。数センチ進んでは引き、また進み、そして遂に亀頭を収める。

「は、あ……あ、ん……っ！」

「——ッ、ン……うわ、キツ……ッ……こんなに狭くて、痛く、ないんですか？」

周が夏川の括《くび》れを締めつけた瞬間、彼は不安そうな声を出した。

あとは難なく繋がれることを知っている周は、こくっと頷いて夏川の腕に触れる。

「もっと、奥まで……ゆっくり、来て……っ」

「先生……っ」

「あ、あぁ！」

夏川の体は求めたとおりに迫ってきて、顔と顔が近くなった。

ねだるように頭を枕から浮かせた周は、夏川と唇を合わせる。

掠《かす》めながらも確かに口づけ、確かめるように入ってくる昴《さいおう》りを迎えた。

ぬめりを帯びたそれは狭い肉筒の中を進み、最奥に来るなりさらに深まる。

「は……は、ぅ、く……っ！」

「……っ、先生……やばいくらい、気持ちいい……っ、こんなの、初めてだ……」

唇が離れても、彼の吐息は周の頬や耳を撫《な》でた。

快楽のあまり横を向いてしまった周は、もう一度彼を見つめる。

普段は快活なのに、ベッドの中では切なげな表情をする人で——しっとりとした視線が届く。その瞳《ひとみ》に偽りはなく、本気で気持ちいいと思っているのがわかった。

「は……んっ、う……あ……夏川さ……っ、僕は、もう……っ」

彼の快楽——それは今の周にとって、何よりも大きな支えになる。ねだるのも喘ぐのも抵抗がなくなり、思う存分求めることができた。自分でも腰を揺らして彼を求める。

「先生……俺も……よ過ぎてすぐイッちゃいそうだけど……ちょっと、待って……いくらなんでも早くて……カッコ悪いから、もう少しだけ、我慢させて……っ」

「……ん……っ、でも、夏川さんのここ、凄い……元気だから、何度でも……できそう」

「何度もしていいの？　ほんとに？　そんなこと言うと、夕飯作る時間なくなりますよ」

彼は緩急をつけて腰を動かし続け、チュッとこめかみにキスをしてくる。

周の手を握ってから、指と指の間に自分の指を滑り込ませ、隙間《すきま》なく組み合わせた。

周はそんな小さな仕草が嬉しくてたまらず、片方の手を夏川の背中に回す。

肩甲骨に触れ、くっきりとした骨や筋肉の形をなぞりながら引き寄せた。

「朝食に、すればいいんです……いっぱい、してください」

「そんなこと言われると、マジですぐイッちゃいそう――外に出します？」

「ううん……中に、出して……っ」

途切れ途切れに答えた周の耳に、夏川は「先生……」と熱っぽい声を注ぐ。

これまで以上に激しく腰を動かし、肌が汗ばむほどの興奮をみせた。

「――っ、ん――っ！」

ずんっと攻められ、嬌声《きょうせい》が詰まる。キスをしたくてもできないほどの勢いで貫かれた。

深々と掘り込まれ、肉がぶつかる音が響く。過敏な粘膜がねっとりとこすれ合う音や、乱れる呼吸音も聞こえてきた。さらにもうひとつ、ベッドの軋《きし》む音も壮絶だ。壊れるかと思うくらい鳴り響き、行為を自覚して恥ずかしくなる。

「ふあ……っ、あ……ぁ……！」

確かに恥ずかしいけれど……しかしベッドの音は確実に、周の興奮を高めていった。

激しく求められている実感に酔って、一秒たりとも我慢できなくなる。

「う……ん――っ！」

びくんっと大きく腰を浮かせ、胸を反らしながら射精した。周は自分の体と顔、そして夏川の胸にも白濁を迸《ほとばし》らせる。こんなに飛ばしたのは初めてだった。

「――ッ、ウ……！」

ほどなくして夏川も呻《うめ》き、周の中に怒濤《どとう》を放つ。

タイミングが少しずれたおかげで、周は彼のイキ顔を見ることができた。

――凄い……中で、奥を……突いてる……っ！

熱い物を、最奥のさらに奥に注がれる。彼の熱が粘膜に沁《し》み込み、全身に伝わった。

夏川の怒張は周の腰と同じリズムで震え、唇もまた、それに連動している。

気持ちよくてたまらない――と、語っているかのような表情だ。

「……夏川さん……っ、好き……好きです……」

「俺も……先生のこと、めちゃくちゃ好きです」

夏川は繋がったまま上体を沈め、周の口元に視線を留める。「先生の、こんなところまで飛んでる」と言って笑うと、顔を斜めにしてキスをしてきた。

昨夜も嫌な顔ひとつせずに周の精液に触れていたが、今夜は完全に口にしている。舌でまったりと、味わっているといっても過言ではなかった。

――これ全部夢だったら……目が覚めた時、死んじゃうかも……。

周は青いにおいを唾液《だえき》に混ぜて、夏川と舌を絡ませる。

そうしているうちに、彼の雄がむくりと動いた。

7

師走《しわす》になっても夏川《なつかわ》との交際は順調に続き、周《あまね》は週末の夜に彼を母親に紹介した。

それは誰よりも夏川自身が望んだことで、久しぶりに周の住むマンションにやって来た彼は、終始上機嫌だった。緊張している様子はまったくない。

「んー、美味《おい》しいわぁ〜♪　光司《こうじ》くんと一緒だと、さらに美味しく感じちゃう」

母親の和子《かずこ》は、これまで周から話を聞いていただけの夏川のことを、当然苗字《みょうじ》で呼んでいた。しかし夏川に会った途端「光司くん」に切り替え、ダイニングテーブルで彼の正面に座っている。そして土産《みやげ》のチョコレートケーキに舌鼓《したつづみ》を打った。

和子の好物は赤坂《あかさか》の洋菓子店のチョコレートケーキで、数種類ある中でも特にビターなケーキを好んでいた。上部はチョコレートコポー、中にはダークチョコレートクリームが層になって入っている。チョコレート好きにはたまらないが、少し重めなケーキだ。

「くるみの入ったほうも軽くて美味しいですよね。うちの母も好きでよく買ってたんで、周さんから聞いた時は嬉《うれ》しくなりました。お母さんは栗《くり》とかも好きですか？」

時折「和子さん」と呼んだかと思うと、さらっと「お母さん」とも言う夏川に、和子は声を裏返らせる勢いで「大好きよぉ」と返す。

「ご存じかもしれませんけど、飯倉《いいくら》のイタリア料理店が出してるケーキがずっしり重くて美味しくて。ビターチョコレートとオレンジ風味のマロンと洋酒が絶妙なんです。銀座《ぎんざ》の百貨店に入ってるんですけど、百貨店限定のケーキもあったりするんで、今度お邪魔《じゃま》する時に持ってきますね」

「あらぁ、それたぶん知らないわ。軽いのも好きだけど、重たい感じのケーキが特に好きなのよ。すっごい楽しみだわぁ！　あ……でもあまり気を遣わないでね。手ぶらで気軽にちょくちょく来てもらえるほうが嬉しいのよ。私は料理下手でろくなおもてなしもできなくて申し訳ないんだけど……その分うちのあっちゃんがなんでも作るから、いつでも来てちょうだいね」

和子の言葉に、夏川は笑いながら「はい」と答える。

そんな彼はスーツ姿ではなく普段着で、かといって崩し過ぎてもいないカジュアル服を着ていた。紺と白を中心に、中高年の女性が好みそうな清潔感と真面目《まじめ》さをアピールしたスタイルだ。

惚《ほ》れ惚《ぼ》れするほどカッコイイ自慢の彼が、「結婚前提の彼女の母親に挨拶《あいさつ》にいく彼氏」というレベルで気を配ってくれているのを感じて、周は夏川の横で夢心地になっていた。

母親に恋人を紹介するのは初めてということもあり、彼と違って緊張していたのだが、それもすでに解けている。和子はさっぱりした性格のうえに、仕事で様々な人間と接しているため、夏川を困らせるような質問はしなかった。その点で安心して見ていられる。

――お母さん、夏川さんに家族のこととか全然訊《き》かない。

和気あいあいと話す二人を置いて中座した周は、紅茶を淹《い》れ直しながらふと気づく。根掘り葉掘り詮索《せんさく》するタイプではないとはいえ、世間話として普通に、「ご両親はどちらに転勤なの？　お姉さんとはいくつ違い？」などと訊いてもよさそうなものだが、和子は食べ物の好みや野球の話ばかり持ちかけていた。

以前周が和子に対し、「ご両親とお姉さんが転勤で引っ越しちゃって、一戸建てを一人で管理してるんだよ」と話した時は、「どこに転勤？　国内？　海外？　どのくらいの頻度で帰ってくるのかしら？　お姉さんは結婚してないってことよね？」などと矢継ぎ早に周に訊いてきたのに、本人を前にしている今は徹底して無難な話題で通していた。

――夏川さんが交際を重く感じるような話題を……避けてるんだ。

周は和子が言葉を選んでいることを察して、ゲイの息子を持った母親の気持ちを想う。しかし暗くなることではないと今はわかっているので、笑顔で紅茶を運んだ。

こんな時でもきちんと、息子に対して「あら、ありがとー」と言う和子は、きらきらと瞳《ひとみ》を輝かせている。夏川のことを気に入り、心から歓迎しているのがわかった。

「あっちゃん、光司さんて本当にいい彼氏ね。あっちゃんが羨《うらや》ましいわぁ」

「う、うん」

「和子さんのような素敵な人にそう言ってもらえて嬉しいです。周さんの美貌《びぼう》はお母さん譲りだったんですね。ほんとよく似ててお綺麗《きれい》で、実は俺かなり緊張してるんですよ」

少しも緊張していないように見える夏川は、お世辞を口にしつつも真顔だった。

実際のところ、どこまで本気でどこからお世辞か周にもわからないが——和子は五十代半ばでありながらも、「四十代にしか見えない」だとか「女優の誰々に似ている」だとか、よいしょはあるにしても褒められる容貌の持ち主なので、夏川の言葉に「お上手ねー」と返しつつも真に受けていた。皺《しわ》が寄るのも構わず満面の笑みを浮かべている。

「この子ね、見た目は確かに私に似てるけど、中身は誰にも似てないのよ。子供の頃から本当に手のかからない子で……っていうより世話焼きさんなのよね。でも一人でストレスため込んでいきなりブチッとなるところがあるから、光司くん気をつけてちょうだいね。不満抱えてても自分からは言わないのよ」

「お母さん、そんなことないから」

「なくないわよ。私にはさすがに言うけど、何年も黙って耐えて、思い詰めた顔でやっと言ってきたんじゃない。さっさと言ってくれればすぐやめられる程度のことなのに」

「それは、まあ……でも僕が苦手ってだけで、一般的におかしいことじゃなかったし」

「それって、どういう不満だったのか訊いていい内容ですか？」

夏川は母子に向かって交互に視線を送り、興味深そうな顔をする。

しかしあくまでも真剣だった。

好奇心ではなく、同じことをしないために訊いているのがわかる。

これは自分が説明すべきだと思った周は、「実は……」と切りだした。

「食事中にテレビを点《つ》けられるのが嫌だったんです。でもテレビをきっかけに会話が弾むこともあるし、今時そんなのは行儀が悪いうちに入らないとは思ってるんですけど、テレビに集中すると適当に食べちゃうし……そういうの、ちょっと淋《さび》しくて」

「ああ……聞いといてよかった。俺、今のとこやってないけど油断したらやりそうです」

「すみません、あまり気にしないでくださいね。当時、母の仕事は今以上に忙しくて……ニュースは食事中に見るしかなかったんです。だからやめてとは言えなくて。不満をため込んでいたというよりは、状況を理解して遠慮してただけです」

「あっちゃん、そんなこと言ったって全然駄目《だめ》よ。親にまで遠慮するタイプだってことをアピールしただけじゃない。まあこんな感じでなかなか口を割らない子なんで……なんか不満そうにしてたら話を聞いてあげてね。ガンガン攻めれば白状すると思うから」

「白状って……」

「はい、お母さんの仰るとおり、周さんの変化に敏感でいられるよう気をつけます」

「あ、何か困ったことがあったらいつでも言ってね。さっき渡した名刺にメアドも書いてあるから。光司くんとなら、あっちゃん抜きでもメル友になりたいわぁ」

「是非よろしくお願いします。和子さんが編集してる通販雑誌、父宛《あ》てなんですけど毎月届くんで必ず見てるんですよ。こだわりの逸品が載ってて面白いし、バイヤーの手記とか読んでました。色々、お仕事の話も含めて今度ゆっくり聞かせてください」

「もうっ、光司くんて上手《じょうず》ねぇ……うちの子をどんどん調教してやってね」

「ちょ、調教ですか」

そうそうと頷《うなず》く和子は常に明るく、軽く冗談めかした言いかたをしていたが、内心では周と夏川が末永く円満でいられるように……と強く願っていた。

それは目を見ていればわかり、周は少し胸の痛い思いをする。

息子がゲイだと知ってから何年も経《た》っているとはいえ、実際に恋人を紹介されればその事実はより現実味を帯びるはずだ。これまで周は、ゲイだということ以外の詳しい性癖を和子に話さなかったが、自分の息子は男に抱かれる立場だということは、交際相手の姿を見ればわかるだろう。そういう生々しい事実に抵抗を見せることなく、和子は笑顔で受け入れてくれている。本当に、世界中の誰よりも幸せを願ってくれているのだ。

そして恋人の夏川も、つい先日までノン気だったにもかかわらず、「周さんとお付き合いさせていただいてます」と、堂々と挨拶してくれた。それだけでも十分幸せだが、夏川と付き合い始めてから仕事もますます順調で、考案したメニューが採用されたり、スクール全体で使う年賀状用の料理制作を任されたりと、いいことばかりが続いている。

あまりにも順調で理想的で幸せ過ぎて、周はこの先がなんだか少し怖い気がしていた。杞憂《きゆう》だといいのだが、自分には身に余る幸福に慣れず、心が少し落ち着かない——。


翌日の土曜日、周は朝の実習を終えてから夏川家に行った。

夕方にはまた実習が入っているが、空いた時間を利用して彼の家でランチデートをして過ごすのが、土曜日の習慣になっている。

夏川は相変わらず真面目に料理教室に通っていたが、仕事の都合でさすがに皆勤賞とはいかなかった。かといって振り替え受講は利用せず、周の個人レッスンを受けている。

今日は筑前煮《ちくぜんに》と紅白なます、海老《えび》のつや煮を二人で作ることにした。

師走になると、受講内容もクリスマスや正月を意識したものになる。夏川は、筑前煮が大好きとのことだった。これは特に正月らしい物ではないが、新春の雰囲気を出すために梅花ニンジンを添えて作る。

「梅花ニンジン作るのは前にもやったけど……やっぱり一度目より二度目だな。こんなに上手にできた」

キッチンで周と横並びになっていた夏川は、梅型で抜いたニンジンに包丁を入れながら見せてくる。梅花ニンジンとは、その名のとおり梅の花の形のニンジンのことだ。

まずは市販の型で抜いてから、花びら一枚の二分の一を斜めに少しそぎ落とし、それを五回繰り返すと立体的な梅の形が出来上がる。単に型で抜くだけでも華やぐが、ひと手間加えることでさらに美しく仕上がり、地味な筑前煮がグレードアップして見えるのだ。

「うん、凄《すご》く綺麗。教室で切ってた時は深く切り過ぎて勿体《もったい》ない感じだったのに」

「そうそう、しかも部分的に薄くなったせいで煮てるうちに割れちゃうし」

周は小鍋《こなべ》を用意し、梅花ニンジンのための出汁《だし》と調味料を用意する。

筑前煮に普通のニンジンだけを入れる場合は、サトイモやレンコン、ゴボウや干しシイタケと一緒に煮てしまって構わないが、梅花ニンジンは別の鍋で、出汁と砂糖と塩だけで煮るのが望ましい。醬油《しょうゆ》の色をつけないことで、ニンジン本来の美しい色に仕上がる。

「これ……最初にマニュアル見た時は何がなんだかわからなくって、でも先生がダイコン使って説明してくれたでしょ？　あれで凄くよくわかった」

「あ、ほんとに？　嬉しいな。ダイコンを使う方法は僕が提案したものだから」

「おおっ、さすが先生」

「他のスクールではとっくの昔にやってるかもしれないけどね」

周は謙遜《けんそん》しつつも、頰《ほお》が上がるのを止められなかった。

梅花ニンジンの切りかたを説明する際、実際にニンジンを切ったのでは受講生から見えにくいため、ダイコンを使うことを思いついたのだ。型を使わず、自分で梅の形に切っておいて、包丁を入れる際の中心点に赤い唐辛子を埋め込む。それを使って——いうなれば梅花ダイコンの実演をすると、後ろの席の生徒からもよく見えて理解しやすいのだ。

「先生の教えかた、凄くわかりやすいって他の人達も言ってますよ」

「ありがとう、よかった。そう言えば今週またお茶会してたね」

「半分以上は断ってるんだけど、徹底的に断るのもね……なんか感じ悪いでしょ？　でも大丈夫、こんな綺麗な恋人いるのに浮気とか絶対ないから、心配しないで」

「き、綺麗とか嘘《うそ》だから」

「嘘じゃないよ」

夏川は型抜きしたニンジンを切り終えると、横から頬にチュッとキスをしてくる。ついでに尻《しり》まで撫《な》でてきた。教室で接触を避けている分、プライベートでは料理中でもこの調子だ。もちろん、会えば必ずベッドを共にしている。

周が鶏もも肉を炒《いた》めながらポウッとしているうちに、夏川は沸騰した湯の中に梅の花を散らしていった。「火加減火加減」と唱えつつ弱火にし、小鍋に蓋《ふた》をする。

「ねえ先生、今度ベッド買い換えようかと思ってるんだけど、要らなくなったベッドって粗大ごみとか出すの大変だよね？　廃品業者のチラシとかよく入るけど、ああいうのってどうなのかな？　使ったことある？」

「うん、あるよ。今のマンションに引っ越した時にね。でもベッドを買い換えるなら無償引き取りサービスのある業者で買えばいいんじゃない？」

「なるほど、そういうのもあるんだ？」

「うん、制限があったりするけど……新品を買う時に同等品は無償で持っていってくれる通販会社とかよく見るし、家具屋さんでもそういうサービスあったりするよ」

「同等品て、ダブル買ってシングルを回収とかでも平気かな？」

「僕が見たところは大丈夫だったよ。買った物より小さければＯＫって書いてあったし」

周は鍋に出汁と調味料を加えながら、はたと顔を上げる。

横を向くと、エプロン姿の夏川が得意げに笑っていた。

「ベッド？」

「ダブルにするよ。今のじゃ狭いでしょ？」

「――っ」

「どんなベッドがいいとかある？　マットが硬くて沈まないほうが気持ちいいかな？」

周はまたしても尻を撫でられ、言葉に詰まる。普通に寝心地を訊かれているのか、それとも性的な話なのかわからず、間違えたらどうしようと焦ってしまった。

しかし頭の中では妄想が進行している。沈み込まない上質なマットの上だと奥まで深く入って気持ちいいな……とか、スプリングで体がビョンビョン跳ねるのも座位の時に凄くいいし……と、真剣に考えてしまう。

「先生、顔が赤いよ。エロいこと考えてるでしょ」

「……っ、夏川さんが意地悪な質問するからです」

「えー、ときめくとこなのになぁ……ねえ先生、今度一緒にベッド選びに行ってくれる？　通販とかじゃなくて、寝心地を試してから買いたいんだよね。ベッドって大事だし」

夏川はコンロのタイマーをセットすると、周の体を壁際に押しやった。耳朶《じだ》を唇で挟みながら、エプロンをたくし上げて腰を押しつけてくる。

「そうですね、心地好い眠りは健康のために大事です」

「性生活の充実も大事だよね」

「――っ、ぁ……」

躱《かわ》そうとすればするほど迫ってくる夏川の体は、すでに兆していた。

周がコンロのほうを気にすると、「あと八分あるよ」と囁《ささや》いてエプロンを外す。

「そんな慌ただしいのは……嫌です」

「今は触るだけ。じっくりするのは食後にね」

ぐぐっと張り詰める物を服越しに擦りつけられ、周は「あ……っ」と声を漏らした。

夏川に触れられると、体はたちまち応《こた》えてしまう。

その気になった彼を止められないことは、この一月半で十分学習した。

夏川は絶倫傾向で、自分もまた快楽に弱いからだ。ましてや本来はノン気の彼が自分に

欲情してくれている——という悦《よろこ》びと安心感は格別なものがあり、周は求められただけで滾《たぎ》ってしまう。セックスで気持ちよくなる前から、心が快感でいっぱいだった。

「……っ、ふ……っ、ぁ……！」

唇を塞《ふさ》がれたまま、パンツも下着も引き下ろされた。エプロンを自分で持っているよう促され、あられもない恰好《かっこう》で下半身を剝《む》きだしにされる。

それは彼も同じで、前を寛《くつろ》げるなりいきり立つ物を重ねてきた。大きさの違う昂《たかぶ》りが、お互いの手の中で張り詰める。

「は……っ、ん、あ」

「——ッ……ン……」

嬌声《きょうせい》が漏れるくらい甘めに塞いだ唇から、舌を出し入れした。

ちゅくちゅくと鳴って、深いキスではないのに淫《みだ》らな気分になる。

手淫《しゅいん》でも似たような音を立て、先走りを全長に行き亘《わた》らせた。どちらの性器も重い蜜《みつ》を滴らせ、とっぷりと濡《ぬ》れている。

独りでする時は、決してこんなふうにはならなかった。

夏川と体を触れ合わせ、口づけているからこその反応だ。

「先生……っ、好きだよ」

「——んっ、あ……ぁ！」

何より感じる言葉をもらい、周は左手で彼の背に触れる。シャツを掴《つか》むようにして引き寄せ、唇をねだった。一緒に達するのが当たり前になっていて、イクと言い合わなくても快感の度合いを計り合える。体の波長が合うのは、心が寄り添い合っている証拠だ。この一月半、二人が繋《つな》げてきたのは体ばかりではなかった。

「ん、あぁ――っ！」

「――ッ、ゥ……ッ」

お互いの掌《てのひら》に精を打ちつけた直後、コンロからピピッと電子音が鳴る。

八分経《た》ったらしく、自動的に火が消えた。

絶妙なタイミングだったので、見つめ合うなり笑ってしまう。

「先生……」

達した体からも火は消えたが、心だけは燃えていた。彼の声にも熱が籠《こも》っている。

周はもう一度キスしたくなり、夏川の唇を味わった。結局なかなか料理を再開できず、そうこうしているうちに彼の体が再燃した。

遅いランチを二人で食べている最中、夏川は会社からの呼びだしで出かけなければならなくなり、食後に慌ただしく着替えて出ていった。

残念ながらベッドを共にすることはできなくなったため、周は「さっきキッチンでしておいてよかったな……」と思いつつ、夏川を送りだす。

周は心で思っただけで口には出さなかったが、夏川は出がけに、「さっき一応しておいてよかった。先生に飲んでもらえたし」とエロティックな口調で囁いてきた。

わりとデリカシーのないところはあるのだが、周は彼のそんなところまで愛している。女性相手の時とは違い、男同士だから無遠慮に欲望を露《あら》わにできるらしく、彼はそれを楽でいいと思っているようだった。周にしてみれば、理由はなんでもいい。夏川が自分と付き合い続けることをよしと思ってくれるなら、どんなことでも美点だと思えた。

いってらっしゃいのキスをしたあと、周はキッチンに戻って片づけを始める。

相手に尽くし過ぎて関係が歪《ゆが》むことは、周だけではなく夏川も避けたがっているため、平常時はなんでも分担して行うようにしていた。

しかしこういった不測の場合は別で、今のところ臨機応変に上手《うま》くやっている。

周はこの家に来て掃除や洗濯を手伝ったこともあるが、夏川の目の前で補助的な役割を果たす程度だった。何より彼は、家事全般をマスターすることに燃えている。

洋服の畳みかたや収納のコツを周から教わったり、一人だと気乗りしないことを一緒にやってもらったりすることが楽しいらしく、生き生きと生活しているように見えた。

——なんだか幸せ過ぎて……。

周は使った食器を洗いながら、独り密《ひそ》かに微笑する。

夏川とは体の相性も抜群で、彼はノン気でありながらも、不慣れな部分は学習と体力でカバーしていた。性格は見た目どおり明るく優しく、常に前向きで仕事熱心で、プライドを持ってはいても、わからないことをわからないと言える素直さがある。

もちろん金銭的に周に頼るようなことは一切なかった。それどころか、自分が周と交際することによって独りの時間が増える和子を気遣い、「仕事で銀座に行ったんで、お母さんに渡して」などと言いながら、話題の店で買った手土産を持たせてくれたりする。

それも、相手を恐縮させないくらいの小さな袋に入ったマカロンだったり、可愛らしいマシュマロだったり、期間限定のプリンやハーフサイズのロールケーキだったりと、牧野《まきの》家の人数に合った完璧《かんぺき》なチョイスだった。夏川いわく、厳しい姉の指導によって、女性に喜ばれる贈り物のコツを掴んだらしい。

「！」

ピンポーンと、突然チャイムの音がする。

夏川家のキッチンで洗い物をしながら幸せを噛《か》み締めていた周は、壁に設置されているドアホンモニターに向かった。

画面には、宅配業者の制服を着た青年と、中年女性――隣家の田淵《たぶち》夫人が映っている。

別件で同時に二人……というだけなのか、それとも関連があるのかわからなかったが、周は迷いつつ通話ボタンを押した。「はい」とだけ応じると、宅配業者の青年が「お荷物をお届けに上がりました」と言い、田淵夫人は「隣の田淵です。回覧板もあるわよー」と、陽気な声で告げてきた。

荷物の受け取りはともかく、ご近所さんに姿を見られたらまずいかな……と再び迷った周だったが、出ないわけにはいかない。結局玄関に向かい、エプロン姿でドアを開けた。

「あ、あら？　こーちゃんじゃないわ、びっくり」

モニターで見たとおりの田淵夫人に向かって、周は「こんにちは」と微笑《ほほえ》みかける。のんびりした彼女とは違い、宅配業者の青年は早く仕事を済ませたい空気を醸しだしていたので、自然な流れで荷物の受け取りを優先した。

サインして受け取った物は、周の母親が勤めている通販会社の商品だ。夏川が「小型の圧力鍋がほしいなぁ」と言いだし、一緒にカタログを見て選んだのを思いだす。

「貴方《あなた》はハウスクリーニングの人？　光司くんそういうの頼みたいとか言ってたものね、掃除とか大変だし。今日はいないのかしら？　お仕事？」

さすがに『こーちゃん』はやめた田淵夫人は、宅配業者が去るなり踏み込んできた。

周は些《いささ》か驚いたが、彼女は玄関ドアが閉まっても堂々と土間に立ち、普段着姿で紙袋をぷらぷらと揺らす。紙袋には回覧板が入っていたが、それ以外の物も見えた。

いつか目にしたピンクの封筒と、大きめのミカンだ。

「夏川さんは……お仕事で先程出かけられました」

「あら相変わらず忙しいのねぇ、そんなんじゃ彼女作る暇もないでしょ？　そんなこともあろうかと新しい会員リスト持ってきたのよ、うちの相談所のやつ。いつものことだから渡せばわかるわ。あとミカンもね。よかったら貴方もどうぞ」

　エプロンをしていたせいか、周は業者の人間だと決めつけられたまま、紙袋を差しだされる。受け取るしかない流れになり、つい気になって「会員リスト？　あの、夏川さん、もしかして結婚相談所に登録とか？」と訊いてしまった。

「ああ、違う、違うわよ。さすがにあれほど若いイケメン会員はいないわよ。あたしが長年勤めてる結婚相談所のリストを渡してね、気に入った女性がいたら紹介して、お付き合いする場合はちょっとだけ謝礼をいただく約束なの。ああいうとこって表向きは会員限定のようで、実際には縁故で非会員を紹介することもあるのよ。信用できる人だけね」

「そうなんですか……」

「光司くんはうちの子と同級だし、幼稚園の時から知ってるもの。どんなお嬢さんにでも胸を張って紹介できるわ。彼ほんといい子でしょう？」

「はい、とてもいい方ですよね」

　周は複雑な気分だったが、それでも笑顔で返す。

詮索《せんさく》好きなのか、彼女はすぐに「貴方お歳《とし》は？　結構《けっこう》背が高いわね、いくつ？」などと訊いてくる。歳は二十七で、身長は一七〇ちょっとなので高くはないですが――と無難に答えた周は、「ハウスクリーニングの人なんでしょう？」と再び問われるのを避けたくて、話題を別のところに振るか、早く帰ってもらわなければと考えていた。相手の思い込みを否定しないくらいは許される気がするが、さすがに嘘は言いたくない。

「光司くんと歳が近いなら、お友達みたいに普通の話とかもするの？」

「あ、はい。そうですね……家事をしながらよく、世間話とか色々してます」

嘘は言ってないぞ――と自分の胸に言い訳した周に、田淵夫人は「どんな感じ？　もうすっかり立ち直って元気そう？」とさらに訊いてきた。何故か深刻な顔をしている。

「え、ええとても元気で、お仕事に励んでいらっしゃいますよ。家のことも」

「まあ、そうなの……それはよかったわ……ちょっと安心した。光司くんとはスーパーで会ったりするんだけど、わりと普通そうに見えるし、でもほんとはどうかわからないもんじゃない？　かといって触れられる話題でもないしね、ほんと言うと今日も様子見したい気持ちがあったのよ。貴方に訊けてかえってよかったわ」

周は彼女の言葉に、「はい……」と答えながらも、狐《きつね》に摘まれた気分だった。

家族全員が父親の転勤に合わせて引っ越してしまったのは、確かに大変な話ではある。

しかし夏川はきちんと仕事を持った社会人で、二十五歳の男だ。それにしては大袈裟《おおげさ》な彼女の言動に、周は違和感を覚え――そして徐々に不安を感じ始める。

これまではあまり気にならなかった疑問が、頭の中にぽつぽつと浮かび上がってきた。

夏川の父親は沖縄支社に転勤になったと聞いていたが、母親はともかく、未婚のＯＬの姉まで何故ついて行ったのか――それだけではない。夏川が保健所から引き取って、彼が中心になって世話をしていたという犬まで転勤先に行っている。それに、キッチンの調理器具が何もかも残されているのも変だった。そもそも仲のよい家族なら、両親や姉が時々帰ってきたり、産地の品を送ってきたり、電話がかかってきたりしそうなものだ。

さらに不思議なことに、この家には両親や姉宛《あ》てのダイレクトメールやカタログ雑誌が日常的に届いている。夏川はある程度溜《た》めてからまとめて処分する主義で、ダイニングの隅にいつも積まれていた。転勤したなら、普通は住所変更をして移転先に届けるものではないだろうか――。

「あんな事故があったのに……本当によく頑張ってると思うわ」

「……っ！」

「葬儀の時もきちんとしてて、あたしにもね、そりゃもう改まって丁寧に挨拶してくれて。でもなんか、かえって不安になったのよねぇ。この子ほんとに大丈夫なのかしら……とか思っちゃって」

「事故……」

周は思いがけない言葉に驚愕《きょうがく》し、たちまち声を震わせる。

心臓が止まりそうだったが、知らないとは言わず、「事故のこと、あまり詳しく聞いてなくて……」とだけ続けた。舌を掴まれたように喋《しゃべ》りにくく、喉《のど》が一瞬で干上がる感覚を覚える。

「……交通事故でね、居眠り運転のトラックに追突されたのよ……もう半年になるわね。お姉ちゃんの結婚が決まって、皆で新居を見にいくところだったんですって。光司くんが可愛《かわい》がってた犬も乗ってたんだけど、その子も含めて即死で……もう本当にかわいそうで見てられなかったわ。まあ、そうはいっても本人は毅然《きぜん》としてたんだけど」

田淵夫人は途中何度か涙声になり、目を潤ませる。「あたしも仲よくしてたからっ」と声を詰まらせたかと思うと、周に渡した紙袋に手を伸ばした。中に入っている封筒に触れて、周の顔をじっと見上げる。

「四十九日の時にね、どこまで本気なのかわからないけど……早く結婚して子供作って、新しい家族を持つしかないですよねって言ってたのよ。それで時々こういうの持ってきてるんだけど、今のとこ反応ないのよね……実際どうなのかしら？　もし実は彼女とかいて迷惑そうなら、今度こっそり教えてくれない？　光司くんいつも愛想《あいそ》がいいから、本音が見えないとこあるのよね」

「――はい……」

周は短く答え、その直後に異変を感じた。田淵夫人の声が聞き取れなくなったのだ。

聴覚は機能していても、何を言われているのかわからないくらい、唇の動きだけが目に入る。まだ喋っているようだ……と認識してはいるものの、頭の中が真っ白だった。

去り際によくある無難な挨拶を終えたらしい彼女は出ていき、周は無意識で施錠する。

こんな時でも体は常識的に動くものだった。

ドクン、ドクンッ……と響く頭の中で、交通事故の現場や霊安室の光景、通夜や葬儀の光景を思い浮かべる。周の父親は居眠り運転で単独事故を起こし、周が中学生の時に突然帰らぬ人になった。だからよく憶《おぼ》えている。

警察からの電話に出たのは周だった。

そこから始まった信じられない出来事の数々——普段は記憶の奥底に封印していても、思いだそうとすれば時を越えて緻密《ちみつ》に蘇《よみがえ》らせることができる悪夢が、一気に迫《せ》り上がってくる。泣こうと思えば、いつでも泣ける絶望の記憶だ——。

周は紙袋を手にしたまま、ふらりと廊下を歩いた。そして和室の前に立つ。

夏川が、「倉庫代わりにしてるから」「片づいてないから見ないで」と言っていたので、掃除を手伝う時でも見たことがなかった。けれど今は、強く引き寄せられてしまう。

周は和室の入り口になっている木の引き戸に触れ、それを少しだけ開けてみた。

胸が締めつけられるように痛くなったが、和室に何があるのか想像はついていて、手を止めることができない。開けるとすぐに、線香のにおいがしてきた。

——どうして……これまで何も……。

和室には仏壇以外は何もなく、床の間に同じ箱がいくつか置かれているだけだった。おそらく香典返しの余りだろう——大手百貨店の包装が見えたが、定番の薔薇《ばら》模様は、通常の赤ではなくグレーだった。

周は和室に踏み込まず、真新しい線香のにおいを嗅《か》ぎながら仏壇に置かれた写真に目を向ける。距離があってよく見えなかったが、犬を含めた家族写真のようだった。

その後ろには同じ意匠の艶《つや》やかな位牌《いはい》が三つ、大きく古い印象の位牌が二つある。仏壇自体も古めかしいので、元々は亡き祖父母のための仏壇だったのかもしれない。

——っ、どうしよう……。

周は木の引き戸を閉じるなり、床の上に座り込んだ。

身も心も崩れ落ちる感覚で、しばらく立ち上がれなくなる。

——僕は……どうしたら……。

当然ながら、父親の転勤だと嘘をついていたことを責める気はない。

しかし、この事実にどう向き合っていいのかわからなかった。

知ってしまったことを切りだすべきなのか、知らない振りを続けて夏川が話してくれるまで待つべきなのか、いつかその時が来たらどんな態度を取ればいいのか——彼の現実は途轍《とてつ》もなく重く、考えるだけで潰《つぶ》れてしまいそうだ。

——結婚して……子供を作って、新しい家族を……。

周は床に置いた紙袋の中から、大きな封筒を取りだす。『※社外持ちだし厳禁』と書いてありながら、封もされずにここにある書類には、十人の女性の写真が載っていた。名前はなく、会員番号と年齢と血液型、身長と年収、離婚歴と喫煙の有無のみが書いてある。それが五枚、つまり五十人分のリストだ。

——夏川さんより年下の人もいる。綺麗な人もいるし、可愛い人も。

周は引き戸の枠に寄りかかったまま、リストに目を通していく。

田淵夫人が夏川に似合いの女性を選んでいるからなのか、一番若い女性は二十四歳で、一番上でも三十歳だった。

年収で周を超えている女性も複数いるうえに、婚活などしなくても相手に恵まれそうな美人が目立っていた。どことなく、自分が女性だったらこんな感じになっていたかも……と思うようなタイプもいる。しかし決定的に違うのは、彼女達は彼ときちんと結婚して、子供という新たな家族を生みだせることだ。

貴方の気持ちがわかる——などとは口が裂けても言えないが、周も父親を亡くしているので、絶望の先にある諦念《ていねん》というものを知っている。

死んでしまった人を惜しみ、どうにかしたいという想いがあってもどうにもならず……結局のところ諦《あきら》めて前へ進むしかない。それを悟った時、人は必ず少し吹っきれる。

死に関《かか》わる悲しい記憶を封印し、生前のよいことばかりを思いだすようにして、普通に生きていこうとする。

そして、別のところに心を寄せるものだ。若ければその選択肢は多く、仕事であったり趣味であったり、恋人や新たな家族であったり、向かう先は人それぞれ違う。

周の場合は母親が残っていたので、苦しんでいた母親のためになる生きかたをしたいと思った。どうにもならない性癖の問題があったからこそ余計に、母親にとって最後の宝である愛息の自分を、彼女の傍《そば》に置くことにこだわった。

――夏川さんの場合は違う……家族全員を失ったら、新しい家族を作ることに気持ちを向けるのは当然で、それが一番前向きだ。今はまだ若いから仕事を優先してるけど、あの人なら……早めに結婚して子供を持って、新しい家族を手に入れることができる。

夏川は過去に、「人恋しい」と言った。「淋しい」と、何度も言った。

四人と一頭で幸せに暮らしていたこの家に独り残されて、半年間、何を想って暮らしてきたのだろう。

家庭の味に飢え、見送ってくれる人に飢え、本当に淋しかった夏川に必要だったのは、自分ではなく……人の気配や温《ぬく》もりだったのではないだろうか――。

8

夏川《なつかわ》の家を出たあと、周《あまね》は予定どおりスクールに戻った。

土曜の夜の『洋食おもてなしコース』でクリスマス向けの料理を教えて、余った鶏肉とローズマリーをもらって帰宅する。和子《かずこ》は土曜出勤のうえに残業だったので、周は彼女の好きなロテサリーチキンとミモザサラダを作り、野菜たっぷりのミネストローネも作っておいた。しかしそこまでしてから急激に体がだるくなり、なんとなく熱っぽく感じて熱を測ってみると、三十八度近くあった。

風邪の兆候は特になかったので、ストレス性の発熱と判断して薬を飲まずに横になる。昔から、酷《ひど》く落ち込むと熱を出すことがあった。鷹森《たかもり》と別れた時は、怪我《けが》までしたのに平気だったのだが、夏川と上手《うま》くいっている今、こんなことになっている。

——電話が……。

自室を薄暗くしてベッドに潜っていると、携帯がわずかに振動した。そのパターンでもサイドランプの色でも、夏川からの電話だとわかる。黄色に近いオレンジ色の光だ。周にとって彼は太陽のイメージだったので、設定する際に迷わずこの色を選んだ。しかし今思うと、爽《さわ》やかであり淋《さび》しくもあるブルーのほうが合っていた気がする。

「はい……」

『お疲れ様。今ちょっと平気？』

周は仄闇《ほのやみ》の中で仰向《あおむ》けになり、枕《まくら》に頭を埋《うず》めたまま「うん……」と答えた。

ますます熱が上がりそうで、起きる気力もない。

ときめきで上昇する熱は飛び上がりたくなるほどの力を与えてくれるけれど、この熱は違っていた。体や心の中にある力という力を奪い取り、ただ疲れさせるばかりの熱だ。

『また仕事になっちゃってごめん、今度埋め合わせさせて』

「――気にしないでください」

何もしなくていい、しないでくれと思ってしまう。

このまま関係を続ければ苦しくなるだけで、彼にとっても自分にとってもいい結果にはならない気がした。夏川は、いつか後悔するだろう。同僚や友人が家庭を持ち始めた頃、当たり前の幸せに向かって早く歩きださなかったことを――きっと悔やむ。

『先生、もしかして怒ってる？』

「いえ、べつに……」

『うちの隣の……田淵《たぶち》さんの奥さん来たんでしょ？　メモ書きありがと。あとキッチンも綺麗《きれい》にしてもらってすみません』

「どういたしまして……」

『あれさ……中身見たかどうかわかんないけど、結婚相談所の会員リストで……ほんとは社外秘みたいだし、なんかちょっと困るっていうか……けど向こうも厚意でやってくれてるんで、断りにくくて一応《いちおう》受け取って目は通してきたんだ。けど今回は返す時にちゃんと言うから。付き合ってる人がいるんで、もういいですって』

「――そう……」

『先生、やっぱ怒ってるでしょ？　なんか声のトーン低いし』

「具合が悪くて、寝てたので……」

相手に有無を言わせぬ切り札のような言葉を返し、周は布団の端を強く握る。

予想どおり彼は慌て、『え、大丈夫？　風邪ひいた？　起こしちゃってごめんっ』と、本当に心配そうに、そして申し訳なさそうにしていた。

家族のことに関する嘘《うそ》も、結婚相談所の会員リストを受け取っていたことについても、まだ十時にもなっていない今電話をかけてきたことも、彼に非があるわけではない。

孤独と闘いながらも仕事に励み、料理教室にも真面目に通い、本当にいい人だと思っている。自分には勿体《もったい》ない恋人だ。だからこそ、彼が今自分に与えてくれる好意に溺《おぼ》れてはいけないと思った。熱く浮かれている今はよくても、最終的に夏川に必要なのは自分ではないのだから――一日も早く、彼を本来の道に戻すべきだ。本当に彼のことが好きなら、自分が一緒にいたいからといって甘えてはいけない。――それが周の出した結論だった。

「調子が悪いので寝ます……おやすみなさい」

周はそれだけ言って、返事を聞かずに通話を終えた。

一番傷の浅い別れかたは、相手に冷めることだと知っている。

現に、好きな人と別れようとするとこんなにつらい。頭はずきずきと痛むし、胸も胃も痛む。涙が勝手に溢《あふ》れ、一言喋《しゃべ》るだけでも吐いてしまいそうだった。

——大丈夫……貴方《あなた》には、いくらでもいい人がいるから……。

夏川が今現在、自分に対して寄せている熱を冷まさなくてはいけない。

教室以外では絶対に会わず、電話にも出ない。メールの返事も減らして、出しても気の抜けたものばかりにしよう。少しずつ距離をおけば、夏川は次第に面倒くさいと思うようになるだろう。「なんであの人のために俺がここまで……」と疑問や怒りを抱き、男と交際することの不毛さに気づけばいい。そして今度こそ女性に温《ぬく》もりを求めて、然《しか》るべき人と結婚してほしい。

たときっかけは淋しさや人恋しさであっても、その先には建設的な未来がある。

彼と妻になる女性の間に男の子が生まれたら、野球好きな彼はキャッチボールでもして遊んであげて……息子を野球チームに入れ、指導したり応援したりするかもしれない。

私生活の充実は仕事にもよい影響を及ぼし、彼が開発に携わった商品が大ヒットして、業界誌に写真つきで開発秘話が載っていたりしそうだ。

自分はそれを見て、ああやっぱりあの時に身を引いて正解だった……よかったと思える人間でありたい。容易に想像がつく輝かしい未来を、傷つけてはいけない――。

――特別憎むこともなく、どうでもよくなって冷めるのが一番いい。思いだしもしないくらい、僕のことなど忘れてしまって……普通の道に戻ってください。これまで出逢《であ》った誰よりも……貴方には幸せになってほしい……。

涙で冷たくなった枕に、周は顔を埋める。嗚咽《おえつ》が響かないようこらえた。

今は小さな傷を負わせてしまうかもしれない。でもそれは、取り返しのつかない深手を負わせないためのものだ。いつかきっと、これでよかったと思う日が来る。絶対に来るとわかっているから、自分が出した結論に迷いはなかった。


翌週、周はベテラン講師の山口節子《やまぐちせつこ》に、『初心者スピード上達コース・木曜・夜の部』の第十一回目の実習を任せ、その代わり別の日に、本来は自分の受け持ちではないコースで講師を務める約束をした。元々実習で夏川と顔を合わせたくないと思っていたところに、節子のほうからも「夏川さんに教えてみたい」という申し出があったためだ。

これまでは冗談として流していた話を、今回は真に受けた形で実現させた。

表向きは、風邪で早退ということにして節子に任せた周は、夏川がスクールに来る前に帰宅する。彼と最後に会ったのは土曜日——その翌日の日曜日にもらったメールは体調を気遣うもので、月曜も火曜も水曜も似たようなメールばかりが届いたが、徐々に向こうのテンションが下がりつつあることは文面から感じ取れた。

周が返事をしないからだ。一通だけ返したが、それは今日……つい先程だった。

夏川からの、『今スクールを出ました。今夜は会えると思っていたので、残念です。病欠だと聞いて驚きました。できれば今からお見舞いに伺いたいですが、ご迷惑ですか？』という硬めの文章のメールに、『まだ具合が悪いし、仕事で疲れています。何かと忙しいのですみません』という、取りつく島もないメールを返した。

具合が悪い、疲れた、忙しい——これらは相手を避けるためには便利な言葉で、夏川のようにやる気に満ちた人間は、本能的にネガティブな人間との接触を避けようとする。

最初に思っていたのと違うな……と落胆させ、自分はもう好かれていないのかも……と感じさせれば、淡い恋心は冷えるものだ。誰だって好かれたいし、好いてくれるからこそ好きになるのはよくあることだ。そこが崩れたら、彼の想いは一気に離れていくだろう。

「あっちゃん、最近なんか調子悪いの？」

夕食後にダイニングテーブルで書き物をしていた周は、母親に声をかけられた。

自室に戻ったはずなのにどうしたのかと思えば、携帯を手にしている。

「……べつに悪くないけど、なんで？」

「光司《こうじ》くんからメールが届いたのよ。この前ほら、名刺渡したもんだから。『周さん体調を崩していらっしゃるようですが大丈夫でしょうか？　とても心配しています』って、ねえこれどういうこと？　彼氏に嘘ついてるわけ？」

生徒宛《あ》ての年賀状に手書きコメントを入れていた周は、握っていたペンを床に落とす。フローリングを転がるペンを、拾う余裕すらなかった。代わりに和子が拾ってくれる。椅子《いす》に座ったまま受け取るものの、指が震えてしまった。

「親に……っ、メールするなんて……」

「いつでも連絡してって言ったのは私だし、余程のことがなきゃしてこないでしょ。なんなのいったい、上手くいってないわけ？　べつに怒ってるわけじゃないのよ。私は自分の息子の味方だから、無視したほうがいい相手ならそうするしね。着信拒否したほうがいいならするし、うちに来たら警察呼べって言うなら呼ぶわよ。彼、好青年に見えたけど案外悪い男だった？　あっちゃんに酷いことしたわけ？」

「全然っ、そんなんじゃないけど……」

周は突然のことに混乱し、俯《うつむ》いて額を押さえる。

夏川は今日の実習では周と顔を合わせるだろうと思っていたはずで、病欠と聞いて心配してくれたのだろう。しかし周から素っ気ないメールしか返ってこなかったため、和子に連絡して探りを入れるしかなかったのだ。

「殴るとか、何かと言動が乱暴だとか……貴方にしかわからないことがあるの？」

和子の言葉に、周は首を横に振る。何度も振るうちに涙が出そうになり、どうにか席を立って「ごめん」とだけ言った。携帯を手にしている和子の横を通り過ぎてから、掠《かす》れた声でもう一言、「無視して……っ」と告げて自室に向かう。

これまでは恋人を母親に紹介したことがなかったので、付き合いに関して何か言われたことなどなかった。夏川はこれまでの男達とは違うのだということを、改めて実感する。

紹介したあの頃は、彼の影響でとても前向きな気持ちになっていて……心に羽が生えたような気分だった。刹那《せつな》的になっていたわけではなく、先々のことより今の幸せを大切にして、人生を楽しもうと思えたのだ。しかし今は、とてもそんなふうに思えない。

――どうしよう……来週の実習は夏川さんのコースの最終日だし……誰かと代わるわけにはいかない。それまでに決着をつけなきゃ駄目だ……自然消滅できる人じゃないなら、きちんと別れないと……。

夏川に用意されている真の幸福のためには、気持ちが冷めるよう仕向けるしかない。

しかしそれだけでは済まないなら、より決定的に嫌われる道を選ぶしかないと思った。

二度と男と付き合う気が起きないくらい不快な思いをすれば、夏川は正しい道に戻れるだろう。夏川の淋しさにつけ込んで、自分は彼が求めていた家庭の味で惑わせ、道を踏み外させてしまった。その責任は、好きな男に嫌われるという形で取らなければならない。

「——っ、ぅ……」

女だったらよかったのに——そんなことを考えたのは、これが二度目だった。

初恋の人に告白する時も、少し思った。でもこれほど強く思ったことはない。もしも女だったら、絶対に彼を放さない。誰よりも家庭的な妻になって、彼が失った家族の分まで傍《そば》にいたい。恋心を冷やす努力などするはずもなく、その心を繋《つな》ぎ止めるために、いつも必死になるだろう。自分よりも綺麗《きれい》な女性が現れても、胃袋を掴《つか》むなりベッドでの奉仕に力を入れるなりして、絶対に譲らない。物凄《ものすご》い執念を見せられるのに——。

——どうして僕は、男に生まれたんだろう……。

周は自室のベッドに潜り込み、ピカピカと点滅している携帯を握り締める。

男か女か、ただそれだけの違いが重たい。心に性別はなく、惹《ひ》かれ合うことができる。体を繋ぐこともできた。しかし彼に一番必要な、幸せな家庭を作ってあげることはできない。これから何年か……淋しい彼を一時的に慰め、いつか女性のところに送りだすのはあまりにもつらく、そこまで耐える自信が周にはなかった。

翌週の水曜日、周は仕事帰りの夏川を喫茶店に呼びだした。

自分も夜のコースでの実習を終えたばかりで、明日もまた夜の実習がある。

明日は夏川が受講しているコースの十二回目――最終日だ。だから今夜、決着をつけるつもりで呼びだした。

指定した喫茶店は駅から離れた不便な場所にある。生徒と鉢合わせしないために、この店を選んだ。西船橋《にしふなばし》は夏川の地元なので、知り合いに見られても会話を聞かれないよう、奥の個室風の席を予約しておいた。

周は今夜のためにネットでこの喫茶店の雰囲気などを調べ、数日前にも来店した。独りで来てコーヒーを飲みながら、夏川に別れを告げる場所に相応《ふさわ》しいことを確認し、水曜の夜の予約を入れたのだ。

この一週間のうちに夏川からの電話やメールは少しずつ減っていき、周はそれを無視し続けた。そして昨夜いきなり、『折り入って話したいことがあるので、明日の十時にこの喫茶店に来てください。牧野《まきの》で予約してあります。ご都合が悪ければ別の日にします』とだけ打って、喫茶店のホームページのURLを添えて送った。

別れ話であることを、彼は察したのだろう。返事は短く、『明日の十時に行きます』と、たった一文のみだった。店のホームページを開くと営業時間が大きめに載っていて、閉店時間は午後十一時で、ラストオーダーは十時半となっている。周が手短に終わらせる気であることを、彼はわかっているはずだ。

「周くん、約束の時間の十分前になったよ。そろそろ彼氏来るんじゃない？」

「そうですね……だいたい十分から五分前には来る人なので」

周は木製の衝立《ついたて》で仕切られた奥の席で、隣に座る男と顔を見合わせる。

スーツ姿の彼もまた、仕事帰りだった。以前、街コンの席で公務員と名乗っていたのは本当で、県庁の社会福祉課でケースワーカーをしている。年齢は夏川より十歳上だ。

「こんなことして後悔しない？」

「するかもしれません。でも、やっぱりノン気の人は無理です」

目の前の席を空けた状態で周の隣に座っているのは、周の友人の兄、沢木智成《さわきともなり》だった。

あの日に初めて会ったうえに、連絡先の交換などはしていなかったが、周が今夜頼りにできるのは彼しかいなかった。夏川と別れたからといって元恋人の鷹森と縒《よ》りを戻す気はないし、周には性癖を公開している友人がいない。

それに見知らぬ人間を巻き込むと夏川に迷惑がかかる可能性がある。たとえば、同性と付き合っていたという事実をネタにあとあと夏川を脅すとか、そういった心配だ。

その点、智成は周の友人の実兄で、先日の街コン後の不快な一件についても、弟経由で謝罪してきた経緯がある。そして公務員という立場からしても、信用性が高かった。

「まあいいけど、これが終わったら俺と付き合う気はあるの？」

「ないです。電話でお話ししたとおり、沢木の……健次《けんじ》くんの店を手伝うだけです」

周はコーヒーカップに手を伸ばし、香りを愉《たの》しむ余裕もなく口をつける。

すでに温《ぬる》くなったコーヒーに、自分の顔が映っていた。なんだか怖い顔をしている。

周は最初から智成に頼むことを考えていたわけではなかった。悩んでいる時に健次から電話があったのだ。クリスマス前後の三日間のうち、一日でもいいからキッチンに入ってほしいという依頼だった。街コンの時とは違い、今回は時給についても言及された。

飲食店は年末に忙しくなるのが普通だが、料理教室は真逆で、振り替え制度を利用して受講をずらす生徒が多い。イブに至っては、半数しか出席しないのが恒例だった。むしろ普段よりも楽なくらいなので、日程や時間帯によっては手伝いに行くことができる。

周は電話で健次とそんな話をしているうちに、智成に頼ることを思いついたのだ。

そして健次に、「智成さんと連絡を取りたいんだけど」と言うと、彼は兄に確認することもなく携帯の番号を教えてくれた。ついでに智成の勤め先や仕事の話、出身大学のことまで話しだしたので、周は智成自身に確認することがほとんどなくなっていた。

「いらっしゃいませー」

店員の女性の声が響くのと、店のドアが開くのはほぼ同時だった。

ラストオーダーまで三十五分という今になって入ってくるのは、おそらく夏川だろう。

衝立があるうえに周のいる席は奥まっているため、入り口は見えなかった。しかし声は聞こえてくる。店内に流れるＢＧＭは、一週間後に迫ったクリスマスを意識したもので、客の声をかき消さない程度の音量だった。届いたのは紛れもなく夏川の声だ。

「お連れ様がこちらでお待ちです」

女性店員は、笑顔が想像できる声を出す。二人分の靴音が迫ってきた。

覚悟を決めてきたにもかかわらず、周は吐き気を催しそうなほど緊張する。

すると智成が手を握ってきた。テーブルの下なので、夏川が近くに来ても見えないかもしれないが、周は手をそのままにする。少し迷いつつも握り返した。

「──っ、先生……何、これ……どういうこと？」

予想どおりといえば予想どおり。だが思っていた以上に動揺した声が聞こえてくる。

テーブルの横に立った夏川は、周が智成と手を繋いでいることに気づいた様子だった。

目を剝《む》いて信じられないと言いたげな顔をしてから、少しずつ無表情に近づいていく。

そして正面の椅子に座り、店員には「同じ物を……」と平坦《へいたん》な口調で伝えた。

「なんですか、これ……俺と別れたいんだとしても酷くありません？」

女性店員が去ってから、夏川は憮然《ぶぜん》と抗議する。

久しぶりに見たその顔には、以前のような明るさがなかった。どことなく顔色が悪く、
痩《や》せたように見える。別れるために呼びだしたというのに、周の頭の中は、夏川の生活の
心配で占められてしまった。自炊は続けているのか、掃除や洗濯は滞りなくできているの
か……そういったこと以前に、眠れているのか──。

会っていなかったのはわずか十日間だけなのに、その十倍以上の時間を経たかのように

疲弊《ひへい》した夏川は、コーヒーが出てくるまで俯いて、黙りこくっていた。周が想像していたのは怒りだったが、今の夏川は動揺を抑えることに集中しているように見える。

「その人、沢木さんですよね？」

「はい……僕は元々年上が好きで……以前夏川さんが会った人と長く付き合ってました。あの人とは上手くいかなかったけど、智成さんは……あの人と見た目が似てて僕のタイプなので……でも中身は違うから、今度こそ上手くいきそうな気がするんです」

用意していた言葉の半分くらいしか言えなかった周は、どこをどう削って短くしたのか認識できないまま、コーヒーの表面ばかりを見ていた。久しぶりに会って声を聞き、こうして目の前にいると心が動くのがよくわかる。夏川のことが好きで、もっと一緒にいたい想いや、何も考えずに体を重ねたい想いが募った。なんでこんなことをしているのかと、自問しているうちに涙が出そうになる。

「いつからそういうことになったんですか？」

「先々週の土曜日……教室の帰りに西船橋の駅で会って、バーでお酒を飲んで……」

「俺と最後に会った日ですね。もうその日には寝てたんだ？」

鋭い視線が顔に突き刺さり、周はさらに俯いた。

そういうことにしておかなきゃと思っていても、なかなか「そうです」と言いだせず、ようやく口を開いた時には「もちろん寝たよ」という一言が耳に入る。

夏川に向かって答えたのは、周の隣に座る智成だ。

「周くんはゲイにしちゃ真面目だからね、同時に二人と上手くやるとかできないんだよ。君と付き合ってるうちにそういうことになったのは悪かったけど、男ならわかるだろ？」

智成は手にしていた煙草《たばこ》を灰皿に軽く当て、灰を落とす。じりっと燻《くすぶ》る熱が周の中にもあり、自分が今していることに対する嫌悪感で胸が焦げつきそうだった。

夏川のためだと思ってこうしているけれど、今この瞬間、好きな人のプライドを著しく傷つけているのは間違いない。同じ結末に持っていくにしても、他にもっと、スマートなやりかたがあったのではないかと思えてならなかった。そもそもは、自分が舞い上がってノン気の男に手を出したからいけないのだ。最初から近づくべきではなかったのに――。

「それで、先生はどうしたいの？　まあ、聞かなくてもわかるけど」

「……ごめんなさい」

「俺、先生のこと大事にしてたつもりだったんだけどね。年下だし頼りなかったかもしれないけど、沢木さんより先生を幸せにできる自信は今でもある。少なくとも俺は、健康に気を遣ってる先生に副流煙を吸わせるような真似しないしね」

夏川は淡々と言うと、コーヒーに口をつけずに立ち上がる。

ポケットから財布を出し、「自分の分は払って帰ります」と言った。

苛立《いらだ》ちはあるようだったが、声を荒らげることもなく、どこまでも冷静に見える。

「夏川さん……」

「俺とあんなにいい感じだったのに急に気が変わったってことは、またそういう可能性もあるんじゃないかと思ってます」

「──っ」

「先生、最終日はちゃんとやってくださいね。俺が教室に行くことで仕事しにくくなるといけないんで、俺はもう行きません。でも連絡は待ってます」

「夏川さ……っ」

周が何か言う隙《すき》もなく、彼はテーブルから離れていく。

衝立のせいで姿は見えなくなったが、そのままレジに向かったのがわかった。

革靴の足音、そして店員の声、レジを開け閉めする音が続く。

周は智成の手を離し、椅子の座面を握り締めた。

そうでもしないと、追いかけてしまいそうだったからだ。

やがて入り口のドアを開閉する音が聞こえ、女性店員が伝票に書き込みをしにくる。

まるで減っていないコーヒーを見て戸惑いを見せたが、下げずにそのまま立ち去った。

「彼、いい人じゃゃん。勿体《もったい》なくない？」

智成は椅子から腰を少し浮かせて、「これも勿体ないから飲むね」と言った。

テーブルの反対側に回り、夏川が座っていた席の隣に着いてから灰皿を引き寄せる。

「普通はさ、『俺も冷めてたんで』とか、なんかさ……自分のプライド守るために相手を下げるようなこと言いそうじゃない？　彼まだ若いしさ、浮気相手を前にして、あれだけ真剣に『待ってます』とか言えるの凄いよ。ほんとに周くんのこと好きなんだね」

かつて周に拒絶され――周を蔑《さげす》むような態度を取ってプライドの自衛を図った智成は、自嘲《じちょう》気味に笑う。さらにはっきりと、「俺ならあんなこと言えないね」と呟《つぶや》いた。

「無理して別れることないのに」

「男になんか嵌《は》まらないで、普通に幸せになってほしいんです」

「うーん、なんかさぁ……周くんってゲイなのにゲイ差別激しいよね」

「え……っ？」

「ノン気は絶対幸せで、ゲイはノン気より不幸だって決めつけてない？　君は調理師学校の教師じゃなく習い事系の料理教室の先生だし、わりと余裕のある人間ばかり見てるからお目出度《めでた》いのかもしれないけど、現実は結構酷いよ……結婚して泥沼どん底の人間なんて腐るほどいるし、そもそも女と結婚すれば子供ができるって考えかた自体が女に失礼」

智成からの思いがけぬ言葉に、周は絶句する。

子供を望まない女性が少なからずいるのは知っているが、男女が結婚すれば子供に恵まれるという考えかたは一般的なもので、責められるとは思ってもいなかった。

「俺ね、実は一回結婚してるんだよ。けど子供ができなくて、毎日毎日まるで地獄みたいだった。嫁は子供作ることしか頭にないから情緒も何もあったもんじゃないし、もちろん禁煙させられたし食事制限も凄《すさ》まじかった。それに不妊治療は金がかかって屈辱的。女は特にそうだけど、男にとってもね。最終的には、デパートで偶然会った遠縁のオバサンに『お子さんはまだ？』って悪気なく訊《き》かれただけで嫁がキレちゃって、店の商品投げ散らかして警察の御厄介《ごやっかい》になるやら、精巧な赤ん坊の人形やベビーカー買ってくるやらで……お互いボロボロになって離婚したわけ。男と女が結婚すれば子供が生まれて当然、っていう世間の目に痛めつけられて、一人の女が破滅するのをまざまざと見たよ」

「……っ、ごめんなさい……」

「周くんの言いたいことはわかってるけどね。不妊に悩む夫婦は十組に一組程度。可能性ゼロの男同士と比べられる問題じゃないし、うちの弟のとこはデキ婚で幸せにやってる。ちなみに俺の元嫁さんも、田舎に帰って再婚したらあっさり子供できたしね。あ、べつに俺が種なしだったわけじゃないよ」

くすっと笑った智成は、次の煙草に火を点《つ》ける。

ひっきりなしに煙草を吸う男は苦手だったが、今は嫌だと思わなかった。

智成には智成の生きてきた道があり、人生経験の浅い自分には、想像もつかない苦痛を味わってきたのだろう。そして彼の言うとおり、自分は無知と思い込みから同性愛者を差別していたのだと気づく。確率的にいえば、ゲイよりもノン気のほうが幸せと捉《とら》えられる人生を歩める可能性が高いかもしれないが、本人がどう思うかは人それぞれだ。

現に周は、妻と子供がいる人生よりも遥《はる》かに、好きな男と母親がいる人生のほうを幸せだと感じる。女を愛せる体になりたいとは思えないし、自分を不幸だとも思っていない。ただ、不幸だと決めつける迷惑な第三者が存在することを知っているだけだ。

――僕が……決めつけてしまった。男の僕を好きになってくれて、凄く幸せそうにしていた夏川さんを傷つけて、誰かともっと幸せになってねって……送りだそうとするのは、僕の勝手な決めつけだ。凄く自己満足で、身勝手な行為……。

ほんの少し前まで目の前にいた夏川の姿を思い返しながら、周は涙をこらえる。

彼に幸せになってほしいから身を引いたのか、それとも彼を幸せにする自信がないから逃げだしたのか、次第にわからなくなってきた。

――男を選んだけど……でも凄く幸せだ……って、夏川さんにそう思ってもらえるよう努力することが最善だったのに……。

自らの大きな過ちに気づくと、体から力が抜ける。涙は零《こぼ》す前に涸《か》れてしまった。

周は茫然《ぼうぜん》自失の体で、その場に座り続ける。閉店用の音楽が流れた時にはもう、智成の姿はなかった。

9

周《あまね》が夏川《なつかわ》と別れて一週間が経《た》ち、街はクリスマスムード一色になっていた。

あの翌日に開かれた『初心者スピード上達コース・木曜・夜の部』の最終日に夏川は出席せず、次のコースの申し込みもなかったので、総務部が修了証を郵送して終わりという形になっていた。彼が喪中だと知ったために周は年賀状を送らず、このまま黙っていたら縁は完全に切れてしまうだろう。少なくとも、講師と生徒としては切れてしまった。

「周くん、いっそ俺と付き合わない？　クリスマスに独りは淋《さび》しいでしょ？」

十二月二十五日の夜——亀戸《かめいど》にある創作居酒屋ＳＡＷＡＫＩのカウンターから、智成《ともなり》が声をかけてきた。友人の沢木健次《さわきけんじ》に頼まれキッチンスタッフとして調理の補助をしていた周は、智成の言葉にぎょっとする。自分も彼も、オープンゲイではないからだ。

「やめてください。誰かに聞かれたらどうするんですか」

「聞こえるとこに誰もいないじゃん」

予約したカップルでいっぱいの店内は賑《にぎ》わっているが、カウンターにはオーナーの兄である智成一人しかいない。キッチンスタッフも周以外は奥にいたので、確かに誰にも聞こえない状況ではあった。しかしそうこうしている間にフロアスタッフの大学生が近づいてきて、出来上がった料理をテーブルに運んでいく。油断はできない状況だ。

「付き合いませんよ。まだ彼のこと忘れてませんから」

「そうそう、その彼のことで大事な話があるんだよね。ここじゃ話せないからさ、バイト終わったら例のホテルの喫茶店でお茶でもどう？　街コンの時に行きそびれたとこ」

「……彼のことってなんですか？」

「だからここじゃ話せないってば。あ、パスタ来るよ」

周は手元にシュッと滑ってくるパスタの皿をキャッチして、マニュアルどおりにソースを絡め、高さが出るよう上手《うま》く盛りつけてから小海老《こえび》とバジルの葉を散らす。次から次へと来るうえに、メニューを完全に把握しているわけではないので気を抜けなかった。

「そういうこと言われると、気になって仕事にならないじゃないですか……」

「今ここで話してもいいけど、もっと仕事にならなくなるよ」

「……っ、意地悪はやめてください。ミスしたら沢木に迷惑がかかります」

「はいはい、だからちょっと付き合ってよ。あと一時間で上がりでしょ？」

カウンターで煙草《たばこ》を吸いながら笑う智成に、周は困惑する。

夏川の件で話があると言われれば当然気になるが、単なる口実なのか本気なのかわからなかった。智成は友人の兄だから大丈夫という安心感はあるものの……最初に会った日の印象が完全に払拭《ふっしょく》されたわけではない。手が早いところがあるのはわかっているので、あまり二人きりになりたくなかった。

周は予定どおり午後十時まで手伝い、健次から差しだされたバイト料に関しては、「以前、お兄さんに相談に乗ってもらったお礼だから」と言って固辞した。

ところがそういうわけにはいかないと言いだした健次は、謝礼の封筒を引っ込めずに智成に渡し、「牧野に飲み食いさせてやって、コイツ『枠《わく》』だからさ」と言ったのだ。

流れ的に喫茶店では済まなくなり、周はホテル内の飲食店やバーを避けるため、自分で店を指定した。街コンの時に入った寿司と魚料理の店だ。刺身の質がよかったのを覚えていたのと、のれんの外は明るめの歩道という、健全なロケーションが決め手だった。

街コンの時とは違って、二人はカウンター席に通された。クリスマス色の薄い店でありながらも、今夜はやはり混んでいる。

周はいきなり「夏川さんの件ってなんですか？」と問い詰めるような真似はせず、とりあえずは無難に、共通の話題である沢木健次や創作居酒屋ＳＡＷＡＫＩに絡む話をした。

そうして日本酒を一合二合と淡々と飲んでいるうちに、智成の顔は少しずつ赤くなる。

彼も弱くはないようだが、顔色ひとつ変えない周に些《いささ》か驚いていた。

「もしかして、本気で強い？　酔わせてどうこうは無理な感じ？」

「さっき弟さんから聞いたでしょう？　僕はザル以上の枠で、超酒豪らしいです。お酒に酔うって感覚がわからないので、どうこうなんてなりません」

周が答えると、隣の智成は「燃費悪……」とぼやきつつ、カウンターの向こうの店主に向かって「オジサン、生ビールひとつ」とオーダーし、日本酒を飲むのをやめた。

「智成さん……そろそろ教えてくださない。さっき言ってたことってなんですか？」

「ああ、君の彼氏……いや、元彼の好青年のことね。これさ、君に言おうかどうしようか迷うんだけど、でもまあいいか。どうせ落ちないなら黙ってる必要ないもんな」

勿体《もったい》ぶった言いかたをした智成は、店員が持ってきたビールを手にして、ゴクゴクッと二口飲む。そうしている間も周は気が気ではなく、椅子《いす》に座ったまま爪先《つまさき》を落ち着きなく浮かせていた。

「昨日ってさ、イブだったじゃない？　さすがに独りはつまんないと思って、行きつけのクラブに行ったんだよ。二丁目の……」

「新宿《しんじゅく》……ですか？」

話の流れとして当然わかることを確認してしまった周に、智成は「千葉駅付近にもその手の店はあるけど、二丁目のが圧倒的に数が多いからね」と真面目に答えた。

「そこは初心者も入りやすい店だし、いかにもゲイって感じじゃない可愛《かわい》い子もいるんで気に入ってるんだけど……ふと横を見たら例の彼がいたわけ」

「──っ、え？」

「しかも俺が目をつけた色白の清楚《せいそ》系美人に声かけててさ……そういう可愛い子は滅多に

いないってのに。で、そのまましばらくいい感じで話してたと思ったら出ていったわけ。君に報告すべきかと思って追いかけたら、案の定そのままホテルへ……」

智成の横顔を見ながら、周はジャケットの裾《すそ》を握り締める。

体のどこかに力を籠《こ》めておかないと、指が震えだしそうだった。

「……う、嘘《うそ》ですよね……っ、冗談ですよね？」

「雰囲気が君に似てたよ」

「そんな……まさか……」

「あの彼が抱く男は自分一人だけで、他は女しかあり得ないとか思ってた？　それは君の傲慢《ごうまん》だし、他のネコに奪われるのも自業自得だよねぇ……そもそも君は無責任なんだよ。一度知ったら忘れられない極上の蜜《みつ》の味を教えたくせに、勝手に降りるのはあんまりだろ？　半端なことするならノン気になんて手を出すべきじゃない」

「それは……っ」

「君は女を知らないだろうけど、俺は知ってるから断言できる。女とするより、手慣れた男とするほうが遥《はる》かにいい。君の体がよ過ぎて、彼なかなか抜けられないんじゃない？」

耳にそっと囁《ささや》かれる言葉に、心臓が爆《は》ぜる。一瞬で何かが壊れ、木っ端微塵《こっぱみじん》にされる衝撃だった。他の男となんて絶対に嫌だ。そんなのは嫌だ——耐えられない。初めて本気で人を憎いと思った。奪い返したいと強く思い、そして周は立ち上がる。

椅子がひっくり返りそうになって、横からサッと手を出した智成の手で押さえられた。辛うじて倒れなかった高めの椅子が、カタカタと音を立てて揺れる。

「帰ります……っ」

「うん、そのほうがいいと思うよ。……けど一応酒が入ってるんだし、焦ると危ないからタクシー乗っていきなさい。それと、これは受け取って。俺が健次に怒られるから」

「すみません……」

周は智成にバイト代が入った封筒を渡されて、「早くしないとクリスマスが終わるよ」と笑われる。彼は、周の心と体が行き着く先をわかっていた。

「いや、日付が変わっても就寝するまでは今日ってことでいいのかも。まあとにかく気をつけて」

「はい、すみませんっ」

らしくないほど大きな声を出し、周は店を飛びだす。

これまで燻《くすぶ》り続けていた小さな火種に、油を注がれたようだった。体の内側から激しい嫉妬《しっと》と独占欲が燃え上がり、過ちを正すための原動力に変わる。最早《もはや》男に限ったことではなかった。相手が女でも同じことだ。彼を……夏川光司《こうじ》を、誰にも渡したくない——。

10

周《あまね》が夏川《なつかわ》の家に着いた時には、ちらほらと雪が舞っていた。

積もりそうな雪ではないが、体が芯《しん》まで冷えていく。

室内は正面から見る限り真っ暗で、不在だとすぐにわかった。日付が変わらないうちに眠るとは思えないし、人がいない家特有の寂しさがある。

それは思い込みから感じられるものかもしれないが、チャイムを鳴らしてみても反応はなく、しばらく待っても状況は変わらなかった。

雪に当たっているうちに髪が濡《ぬ》れ、水分を含んだコートは重くなる。

周は自分の体をさすりながら、周囲を見渡した。

ここに来てまだ二、三分しか経《た》っていないが、こんな時間に門戸の前に男が立ち続けていたら、近所の人にあやしまれるだろう。

最悪の場合、通報されて夏川に迷惑をかけるかもしれない。

どうするべきか迷った周は、夏川に連絡することを考えた。

しかし電話をかけて彼が出てくれたとして、いまさら何を言えばいいのか……クリスマスの夜に誰かと一緒にいるなら迷惑電話にしかならない。ましてや「今、貴方《あなた》の家の前にいます」などと言ったら、ぞっとされる可能性もある。

喫茶店で別れた時、連絡を待っていると彼は言ってくれたけれど……それを真に受けて本当に連絡などしていいのだろうか？　あれはあの場限りのことで、実際には着信拒否のメッセージが流れてくるだけかもしれない。

「……！」

鞄《かばん》に入れていた携帯に手を伸ばした周は、サイドランプが点滅していることに気づく。色は黄色に近いオレンジ――夏川からの着信だった。ＳＡＷＡＫＩでのアルバイト中にサイレントモードにしていたため、振動も何もなくランプだけが光っている。

「夏川さん……」

ドクドクと胸が高鳴り、胃がぎゅっと締めつけられた。

昨夜、夏川が二丁目のクラブに行ってゲイの男と知り合い、ホテルに連れ込んだのだと考えると、このメールが自分にとって嬉《うれ》しい内容とは限らない。

しかし画面に表示されている日付は、辛うじて十二月二十五日だ。クリスマスの夜に、夏川がメールを送ってくれた。それは事実であって、期待と不安が入り混じる。

強張《こわば》る指を動かしてメールを開いてみると、件名に『Merry Xmas』と入っていた。そして本文にはクリスマス用のアニメーション絵文字が一列に並び、その下から文章が始まっている。

『先生こんばんは、ギリギリですがメリクリです。風邪とか引いてないですか？　イブも当日も一緒に過ごせなくて残念です。先生に振られて傷心中の俺は、ぼっちの淋《さび》しい夜を過ごすしかありません。せめて父母姉が帰ってくればよかったんですけどね（犬も）』

キラキラとしたデコレーションのせいで、ふざけているのか真剣なのか読み取りにくいメールの文面を追った周は、そのあとに添えられていた一行に目を瞠《みは》る。

閉じていた口が勝手に開いてしまい、白い息で画面が曇った。

『今からコンビニでケーキ買って帰るとこです』

周が顔を上げた先に、コンビニから漏れる光がある。

閑静な住宅街の中に、二十四時間営業のファミレスと隣接して建っているコンビニ——外灯よりも眩《まぶ》しく光るそこに、夏川は今いるのだろうか。それとも駅の近くのコンビニのことだろうか。いずれにしてもこのメールの内容が事実なら、もうすぐ彼に会える。

雪で濁る景色の中、周の目は店から出てくる男の姿を捉《とら》えた。

こんな時間でも混んでいるらしく、出入りする人間は一人や二人ではない。けれどその中に一人、夏川ではないかと思えるシルエットがあった。

まだ確信は持てないが、背が高く脚の長い男で、黒か濃紺のロングコートを着ている。

通勤鞄は黒、傘は差していなかった。片手にはコンビニのレジ袋を提げている。

別段変わった点はないサラリーマンに見えるが、スタイルがいいので目を惹《ひ》いた。

男は横断歩道を渡り、こちらに向かって歩いてくる。足下が悪いため俯《うつむ》き加減で歩いていて、顔はよく見えなかった。だいぶ近くまで来ても、そんな状態が続く。

「先生……っ⁉」

本当にすぐそばまで来てから男は顔を上げ、ほぼ同時に周の存在に気づいた。

ああ、やっぱり彼だった——そう思った時にはもう、視界の中の彼が走りだす。

薄《うっす》らと雪化粧を施されたアスファルトの上を走り、こちらに迫ってきた。レジ袋が振り子のように大きく揺れる。

「——先生……」

「夏川さん……」

夏川家の門の前で、二人は見つめ合って息を詰める。

夏川に至っては、まるで蠟《ろう》人形のようだった。表情まで固めて佇《たたず》んでいる。

周が口を開こうとすると、目の前にある顔が少し歪《ゆが》んだ。感情の波を抑え込もうとしているようで、ともすればそれは、泣きそうな顔とも表現できるものだった。

「——っ、急に来て、ごめんなさい」

「いえ……」

夏川はそれしか言わない。繫《つな》がっていた視線も逸《そ》らし、目を細めながら明後日《あさって》のほうを見た。しかし怒っているわけではなく、もちろん照れているわけでもない。

これ以上何か喋《しゃべ》ったら涙声になりそうだから……これ以上見つめ合っていたら涙を零《こぼ》しそうだから……大人の男として、それらを避けるための理性が働いているように見えた。

――目が……潤んでる……。

周の涙腺《るいせん》も緩んでいたが、夏川のほうが顕著なくらいだった。

そのため周は、周囲の状況が気になって仕方なくなる。彼に迷惑をかけたくない想いがとにかく強く、感情に任せることはできなかった。

住宅街で男同士が見つめ合っていたら、近所の人が変に思うだろう。今のところ人目はないが、周りの家の窓からは灯《あか》りが漏れている。誰がどこで見ているかわからないのだ。

「あの……どうしても謝りたいことがあって。おうちに入れていただくか、ファミレスかどこかで……」

「入ってください」

ぐっと手首を摑《つか》んできた夏川は、力強い足取りで玄関に向かっていく。

今の一言は涙声になることもなく、ポケットから鍵《かぎ》を取りだすのもスムーズだった。

周と目を合わせずにドアを開け、もう一度「入って」と言いながら背中を押してくる。

「……あ……っ」

センサーライトの下で、周は後ろから片手で抱き寄せられた。

通勤鞄とコンビニの袋を適当に放った夏川は、施錠して周の鞄にも触れる。

やや強引に奪うなりそれを床に置いて、両手を胸まで回してきた。

ぎゅっと強く抱き締め、そのまま動かなくなる。

「夏川さ……っ」

何か言われると思ったのに、待てども待てども言葉はない。

沈黙が過《よ》ぎり、背中から夏川の体温を感じた気がした。

周の中に、彼の心音が伝わってくる。最初は錯覚かと思ったが、そうではなかった。

お互いに冬服を着込んでいるのに、密着した二つの体を、温度や音が行き交っている。

「……俺と、また付き合ってくれるんですか?」

夏川の心音を感じていた周の耳に、冷たい唇が触れた。

裏腹に息は熱く、言葉にも熱が籠《こも》っている。

しかし周には納得できない問いかけだった。元々は自分が彼を好きになったのだ、到底叶《かな》わない想いのはずだった。

「僕は、夏川さんに……あんなに酷《ひど》いことしたのに……」

「うん……まあ確かに凹《へこ》んだけど、でも死に別れたわけじゃないし」

夏川の言葉が胸に突き刺さり、周は息を殺す。

何か言わなければと思ったが、背後の彼が言葉を続けようとしているのがわかった。

「一番つらかったのは、理由もわからず無視されてた時で……先日喫茶店に呼びだされて決定的なこと言われてからは、生きてりゃまたチャンスあるかなって、そう思えるようになってました。沢木《さわき》さんと喧嘩《けんか》して別れて、そんな時に俺とバッタリ会うとかね。同じ駅使ってるんだし、あり得るでしょ？」

周は後ろから夏川に抱き締められた恰好《かっこう》で、身じろぎもせず目の前の壁を見ていた。二人とも同じ恰好のまま動かないので、センサーライトが切れてしまう。

吹き抜けから降り注ぐ光が消えると、ほぼ真っ暗になった。小さな常灯明の点《つ》いているキッチンから漏れる光は薄く、物の輪郭が辛うじてわかる程度だ。

「昨夜、沢木さんに会いましたよ。偶然……」

「え……？」

周は夏川が智成《ともなり》の存在に気づいていたとは思わず、驚いて振り返る。

少し動いたにもかかわらず、立ち位置のせいかセンサーライトは反応しなかった。暗い空間で目を凝らすしかないが、そうしたところで夏川の表情はわからない。

「年末年始は忙しいんで……週末から今日まで販売支援に行ってたんです。昨日は新宿《しんじゅく》の百貨店に入って、デパ地下で店員さんに交じって仕事してたんですけどね……沢木さんが先生にちょっと似た感じの綺麗《きれい》めの男連れで買い物に来てて——そんなの見たら当然頭にくるじゃないですか、浮気してるんだと思ったし」

周はつい先程まで一緒にいた智成の顔を思いだしながら、彼の話との相違に戸惑う。

しかしどちらが本当のことを言っているかは疑いようがなかった。立場や性格からして夏川の話が正しいに決まっているが、主観を取り払っても夏川の言うとおりなのだ。

食品会社の営業マンがクリスマスに暇なわけがない。現に今も、酒のにおいをさせずにこんな時間に帰宅している。

「俺が睨《にら》みつけたら沢木さん自分から近づいてきて、『先日のあれ、全部茶番だから』って言ったんです。先生が俺とどうしても別れたがってて、一芝居打つよう頼まれただけだから恨まないでね……とか、そんなこと言ってました」

夏川は淡々と話しながら、急に両腕の力を緩める。

そして周の耳に近づけていた唇も離した。

夏川の温《ぬく》もりを少しずつ失いながら、周はその速度とは比較にならない勢いで血の気が引くのを感じる。智成の裏切りは協力とも取れるものだが——けれども自分達がこれからどう転んでいくかはわからない。

「夏川さん……ごめんなさい、あんな嘘《うそ》をついて」

「べつに謝らなくてもいいですよ。先生が好き好んであんなことするわけないんだし……させるだけの理由が俺にあったってことでしょ？　結局は俺が悪いんですよ」

「違いますっ、夏川さんは何も悪くないです！」

周は緩められた夏川の手の中で体を返し、彼と向き合う。

今度はセンサーが反応して、眩しいくらいの光が降り注いだ。

向き合った夏川の顔は意外なものだった。酷く冷めていて悲しい。

「沢木さんの話を聞いて、先生がなんで急に俺と別れようとしたのか、ようやくわかったようなわからないような、複雑な気分でした。さっき……コンビニのレジで並んでる時にメールしたんですけど、見ました？　あれね、探りを入れようと思って送ったんです」

「――っ」

「お隣さんから聞いたんでしょ、うちのこと」

次の瞬間、周は夏川の手で壁に追いやられる。

靴が片方脱げてしまい、バランスを崩した体はドカッ！　と大きな音を立てて壁に打ちつけられた。驚いて目を剝《む》くと同時に、両肩を鷲摑《わしづか》みにされる。痛いくらいの力だった。

「転勤による引っ越しとか嘘ついて、普通にけらけら笑ってる俺が怖かった？　それとも重くて引いた？　まあ確かに重いよね――」

「夏川さ……っ」

「俺はべつに、家族のことを忘れて笑ってるわけじゃないよ。冷たいとも思ってないし、頭がおかしくなったわけでもない。でもね、あのことを誰かに話そうとすると……どうしても声が上擦って涙声になるし、それでも話し続けたら本気で泣き崩れるし、いい年した男がそういうのおかしいって言われるのわかってるから、あの件には触れないようにするしかなかった。俺が泣いたら周囲の人はびっくりするし……気を遣うでしょ？　もちろん会社の人間とかは皆知ってるんで、嘘つくわけにはいかないけど……俺が触れなきゃ誰も触れてこないから、そんなに不自由しなかったですよ」

夏川は極力感情を籠《こ》めずに語っているようで、普段よりも早口だった。

周の肩を摑んだまま、廊下の先を見る。そこにあるのは和室の扉だ。

閉ざされた引き戸の向こうにある仏壇を、周は脳裏に思い描く。

「姉の結婚が決まって……購入予定の新居を見にいく途中でした。交差点で信号待ちしてたら、居眠り運転のトラックに追突されて多重事故に……。俺は乗ってませんでしたけど、前日までは一緒に行く予定だったんですよ。でも急な仕事だって嘘ついて、当時付き合ってた彼女と会ってました。警察から連絡が入った時、ベッドの中だったんです」

「……！」

「付き合い始めて一年の記念日だったらしくて、俺はそんなことすっかり忘れてて、『明日会ってくれないの？　お姉さんのが大事なの？』とか可愛《かわい》く拗《す》ねられたんですよね。正直言って姉の新居なんて引っ越し後に行けばいいだろとか思ってたし、家族で出かけると運転任されるの俺で……けど父親が横から口出すんでイラッとくること多くて、要するに面倒くさかったんです。だから嘘をつきました。仕事だって言えば許されるし――」

夏川は涙声になることもなく一気に話すと、不意に自嘲《じちょう》した。

声が正常に出ていることを自覚したらしく、「事故のこと、こんなに普通に話せたのは初めてです」と告げてくる。

「親戚《しんせき》とかは皆、『光司《こうじ》だけでも助かってよかった』とか『あの車に乗ってなくて本当によかった』とか、そういうふうに言ってくれるから、俺は無難に返してたけど、内心では違うって否定してました。予定どおり俺が運転してればあんな目には遭わなかったんです。同時刻に出発したとしても、運転者が違えば交差点に着く時間は絶対に違ってた。俺も一緒に死んでたんじゃなく、家族全員——犬も含めて今頃この家にいましたよ。いや……姉貴はもう嫁に行ってるか……早く子供ほしいって言ってたから、上手《うま》くいけば来年や再来年のクリスマスには甥《おい》とか姪《めい》も一緒だったかもしれないです。そういうのが全部一瞬で壊れました。俺の選択ミスで、消えてなくなったんです」

「——っ」

夏川の声には悔恨の念が籠っていたが、だからといって震えることはなかった。

自分自身に対する激しい怒りを感じられる。唇が時折歪み、瞳《ひとみ》の表面は潤んでいた。

「あれが三人の運命だと言ってしまえばそれまでだけど、俺は罪の意識と絶望に耐えられなかった。あの和室に仏壇があって、毎日必ず線香あげてはいるんですけどね……和室を一歩出たら、皆どこかで元気にやってるって思い込まないと普通にしていられなくて……凹みきって会社辞めるとか自堕落になるとか、俺がそんなことしても……誰も喜ばないのわかってるから、真っ当に生きていこうとする理性はあったんですよね」

夏川が体を寄せてきて、周は壁と彼の体の間に挟まれる。

うなじに指を添えられ、ぐっと強く引き寄せられた。

表情は見えなくなり、センサーライトがまた消える。明るさに目が慣れていたせいか、深い闇《やみ》のように感じられた。

「事故のあと、彼女が責任を感じてたみたいで……心配させないよう極力明るく振る舞いました。それまでよりも大事にしたつもりです。でも、しばらくして別れたいって言ってきて。――光司の笑顔が重いって、泣かれたんです」

夏川は周の肩越しに、壁にコツッと額を当てる。周が口を挟む隙《すき》を与えなかった。

「ねえ先生、俺は確かに淋しくて、人恋しくて甘えてるのかもしれないけど、淋しいから一緒にいてほしいと思うのは、そんなにいけないことなんですかね？　淋しくたって……誰でもいいなんて俺は思ってない。現に半年近く誰とも付き合いませんでした」

暗い玄関で体を重ねながら、周は夏川の背中に手を伸ばす。

寒いのに、お互い動けなかった。家に上がれば体を温められるとわかっていながらも、寒さに耐えて身を寄せ合う。周の瞳からは涙が零れ、濡れた頬《ほお》に夏川の唇が触れた。

「ごめんなさい、僕は……夏川さんに必要なのは新しい家族だと思って……」

「――っ、先生……」

「僕は夏川さんが好きです。でも男の僕じゃ駄目《だめ》だと思いました。今はよくても、いつか後悔させてしまうと思って……っ、間違ったことをしてしまいました」

体は冷えきっているのに、体の中から熱いものが込み上げてくる。

実際に熱を帯びているのは心臓かもしれないが、今は燃えるような魂を感じられた。

「絶対に、後悔させないくらい、夏川さんを幸せにします。笑える時は笑って、泣きたい時は思いきり泣けるような……っ、そんなパートナーでありたいと思っています。貴方に誰よりも幸せになってほしいと思った気持ちは本当で……でも、物凄《ものすご》く間違ってました。もう二度と、人任せにしたりしません……っ」

周は夏川の手を取り、強く握りながら思いの丈をぶつける。

自分に甘えてばかりで感謝のない男達に愛想を尽かし、対等な関係を築くことに躍起になっていたけれど、本来は相手を幸せにしたくて仕方がないのだ。男だからという理由で放棄し、淋しい彼にさらに淋しい想いをさせてしまった自分の愚かさが憎くてたまらず、涙が止まらなくなる。

「——っ……ごめんなさい……本当に、ごめんなさい……っ」

周は声を振り絞って謝罪し、その場に土下座しようとする。

しかし膝《ひざ》を折った途端、夏川の手で止められてしまった。

両手で引っ張り上げられて元どおりに立たされ、唇を求められる。

軽く押し当てるだけのキスだった。静かに重なり、ゆっくりと離れていく。

「夏川さ……っ」

顔を上げるなり再び唇を塞《ふさ》がれ、今度は舌を入れられた。

後頭部が壁に当たり、より深いキスになる。斜めにした頭の重みまで感じられた。

返事を聞くことはできなかったが、彼の気持ちが伝わってくる。淋しさも沁《し》みてくる。

もう二度と、絶対に——何があってもこの人を放さないと誓いながら、周は夏川の首に両手を回した。


冷えた体を温める間もなく二階に上がり、シングルサイズのベッドの上で重なり合う。

ダブルに買い換えると言ってくれたことを思いだしながら、周は昂《たかぶ》る夏川の分身に顔を寄せた。雄のにおいにたまらなくなって、横座りの体勢でしゃぶりつく。

「——っ、先生……俺もしたい」

夏川はそう言いながら周の膝に手を伸ばし、周とは逆方向に頭を沈めた。

お互いマットに体の側面を埋める形で、ジュプジュプと口淫《こういん》し合う。相手の腿《もも》や膝裏に手を添えて愛撫《あいぶ》しながら、反り返る物を喉《のど》の奥に迎え入れた。

「ふ……っ、う……く……っ」

音が立つほど激しくなるのは、他にもっとしたいことがあるせいだった。今この瞬間、夏川が何をしたがっているのか……そして自分はどうしてほしいのか、言葉にしなくても明確に伝わってくる。

周は夏川の性器に唾液《だえき》をたっぷりと塗りつけ、夏川は夏川で、周の先走りが混じった唾液を指に取って、尻《しり》のほうへと回してくる。あわいを濡らしたかと思うと、窄《すぼ》まりに指を挿入してきた。

「あ……っ、う……！」

くわえていた物から顔を引いてしまい、周は目の前で弾む彼の雄に舌を伸ばす。まだ舐《な》めていたい気持ちはあるのに、腰が勝手にうねって上手くいかなかった。ちゅぷっと先端にキスをして、放さないよう根元を握る。扱《しご》きながら吸引することで、なんとか雁首を口に含んだ。奥に迎え入れ、今度こそ放さない。

「――ッ、ゥ……」

夏川も腰を震わせ、ますます性急に窄まりを弄《まさぐ》ってきた。周の屹立《きつりつ》をしゃぶりながらも身を伸ばし、サイドボードの抽斗《ひきだし》を開ける。

暗くて見えなかったが、周には夏川がローションを取りだしたのがわかった。キャップを指で弾《はじ》く音も、聞き慣れたものだ。

音がした直後、温かい粘液が尻臀《しりたぶら》に落ちてくる。粘度が高いため、じんわりと熱を伝えながら垂れていった。

「く……ん……っ、う……！」

夏川の指の動きが激しくなり、口内の物に一層血が滾《たぎ》る。

逆向きに食《は》んでいるせいで舌を押され、息苦しさが弥増《いやま》した。

夏川の指で前立腺《ぜんりつせん》を刺激されている周の体も限界で、達する前に腰を引く。

二人して同時に同じことをした。相手の口から性器を抜くなり、闇の中で身を起こす。

繋がりたくて繋がりたくて、それしか頭になくなっていた。

交際していた一月半の間に何度もそうしていたように、早く繋がりたい時は周が俯《うつぶ》せになる。今も自然にそうなった。

枕《まくら》に向かって伏せた周の腰を、夏川が後ろから掴む。両膝をマットに立て、いきり立つ物を周の双丘に挟んだ。ずしりと重く長い分身に、ジェルを纏《まと》ってから挿入する。

「……ぅ、あ……っ、あぁ……っ！」

「──ッ、ン……きつ……先生……もっと、ここ拡げて……っ、動きにくい……」

「は……っ、ぁ……っ」

「ほら、お尻掴んで……いつもみたいに、すげぇエロく求めてよ……っ」

「夏川さ……ん、ぁ……っ、もっと……奥、に……」

三週間ぶりに怒張を迎えた周は、言われるまでもなく両手を腰に向けた。

自分で自分がわからなくなるくらい夏川のそれがほしくて、枕に顎《あご》を埋《うず》めながら尻肉に触れる。自分の双丘を指でしっかりと掴み、彼を奥まで迎えようとした。

「――来て……激しく、して……っ」

周は夏川が好んでくれているポーズを取り、彼が好む言葉で誘う。

あまり明るい所でセックスをすることはなかったが、彼は周が後孔を見せつけるような恰好をすると、いつも火が点いたように興奮した。今も思いきり尻肉を分けると、大きく体を動かす。片膝を立てて、一気に攻め込んできた。

「ひあ……あ……っ、あぁ――っ！」

「……ッ、ハ……ァ……先生……っ」

夏川は体を前後させながらも、ぶるっと身を震わせる。

背中に降り注ぐ声は艶《つや》っぽく官能的で、そのくせ動きは獣染みていた。

周は夏川の快楽を知ることで、何倍も感じ入る。爪《つめ》が食い込むほど尻肉を掴んだまま、夏川の動きに合わせて腰を揺らした。

彼が前進する時には腰を後ろにずんっと突きだし、彼が引く時には前に引く。そうすることで互いの勢いがぶつかり合い、一突きごとに迸《ほとばし》るような快感が走った。

「は……あ、ぁ……っ、ん……あ！」

「――っ、う、わ……凄過ぎ……っ」

濡れた肉と肉が、興奮を高めるリズムを刻む。

抉《えぐ》るように奥を突いてくる夏川の屹立に穿《うが》たれ、周の雄は濁った精を吐きだした。

一度にすべてを吐きだすのではなく、最奥を突かれるたびに少しずつ達する。

間違いなく射精しているのに、ドライオーガズムに近い感覚だった。

「……ぁ、あぁ……もっと、夏川さん……っ、もっとして……！」

「先生……っ、顔見たくなってきた……スタンド点けて、前からしたい……っ」

夏川は片膝を立てた状態のままガツガツと腰を動かしていたが、周の体をヘッドボードまで追い込んでからスタンドに手を伸ばす。

周が嫌とは言わないことをわかっていて、調光つまみを捻《ひね》った。

パッと灯りが点き、これまで薄らと見えていた物の輪郭に色がつく。

「周さん……こっち向いて……」

「——あ、ぁ……っ！」

名前で呼ばれた途端、周はトプッと精を放つ。

これまで少しずつ出していたのが嘘のようだった。濃い物を散らしながら、体を斜めに向けられる。過敏な粘膜を晒《さら》して達している最中にもかかわらず、片足を掴まれた。

繋がったまま仰向けになるまで返されて、真上から見下ろされる。

交際していた時よりも疲れが見える顔は、そのせいか余計に艶っぽくも見えた。

若くフレッシュなイメージが陰りを帯びて、男の色気が前面に出ている。

部屋はまだ十分に暖かいとはいえないのに、肌が汗で光っていた。

「ふあ、あ……っ！」

「……ッ、ハ……ゥ」

正常位になってから改めて貫かれ、周は喉笛を晒して仰《の》け反《ぞ》る。

今の夏川にも惹かれるけれど、しかし早く彼を元の健康的な姿に戻したいと思った。

自分の本来の好みに合う落ち着いた男の色気は、いつか見られればそれでいい……その時も自分は彼の傍《そば》にいるのだから、今は年相応に若く爽《さわ》やかで、可愛いところのある彼を見ていたい。ずっと、笑っていられるように支えていきたい。

「周さ……っ、脚……もっと広げて――」

「ん……あ、ぅ……！」

スタンドの灯りを受けながら、周は夏川の手で脚を広げられる。

仰け反った姿勢のまま視線を向けると、精液で所々光る自分の体が見えた。

ぴんと勃《た》った乳首まで、てらてら光っていやらしい。物ほしそうなピンクの尖《とが》りを彼の指で摘まれることを想像しただけで、体の奥がうずっと蠕動《ぜんどう》した。

「――触ってほしい？」

「……ん……ぅ、触って……っ、早く……摘まんで……っ」

「おねだり顔してるから、すぐわかるよ。周さん、ベッドの中だと正直だよね」

「あ、ぁ……っ、焦《じ》らさないで……触って……」

「駄目だよ、自分で触って。俺はこっちの担当だから」

「あ……っ！」

夏川は周の両脚を肩に担ぎ、腰を揺らしながら屹立に触れてくる。

男の象徴であるそれを特別愛《いと》しい物のように丁寧に扱いて、パクパクと口を開けて落ち着かない鈴口を指で弄った。円を描いては爪を立て、先っぽを引《ひ》っ掻《か》く仕草を見せる。

「は、あ……っ、ぁ……や、あ……！」

「——ッ、ゥ……周さんのここ、凄い……締まり過ぎて、痛いくらい……っ」

「あぁ……ふ……ぁ」

周は夏川の体の下で、こらえきれずに乳首を摘まむ。

片方は精液で指が滑ってしまう状態で、上手く摘まめなかった。けれどそれが心地好い刺激になって、乳首は硬く痼《しこ》りだす。摘まみ損ねるのも、しっかり摘まんで捏《こ》ねるのも気持ちよくて、周は無意識に嬌声を上げていた。自分の声が彼の部屋中に木霊《こだま》して、はしたないほど喘《あえ》いでいることに気づかされる。

「……っ、もう、いい？　すぐ復活するから……っ、周さんの中に……出していい？」

「は……ぅ、あ……ぁ、奥に……っ、出して……いっぱい……！」

ねだる言葉は掠れて消えて——代わりにベッドの軋《きし》み音が耳に飛び込んでくる。

これまでよりもずっと激しく、マットごと揺さぶられるような抽挿だった。

夏川は周の両肩を摑み、自身の腰に体重を乗せる。

「あ、あああぁ——っ！」

ずんと深く穿たれ、引かれてはまた貫かれ、周は絶頂のさらに上へと突き上げられる。

果てたはずの雄が、もう一滴も出す物がないのに痙攣《けいれん》した。

完全なドライオーガズムを味わいながら、夏川の劣情を受け止める。

蠢《うごめ》く肉の道に、どっぷりと放たれる熱い滴……そして身を屈《かが》めた彼の唇——。

周もまた、いつしか枕から頭を浮かせていた。吸い寄せられ、夢中で彼の唇を貪《むさぼ》る。

「ん……う、く……っ」

「——ッ、ン、ゥ……」

繫がったまま口づけると、「好き」という言葉がこんこんと湧《わ》いてきた。

好き、好き……単純な言葉が幾重にも重なり、脈動に乗って押し寄せてくる。

夏川にしてあげたいことはたくさんあるけれど、今はただ、この想いを伝えたかった。

エピローグ

大晦日《おおみそか》の夜、周《あまね》は夏川《なつかわ》を自宅マンションに呼んで、おせち料理を作った。

母親の和子《かずこ》に夏川家の事情を話し、そのうえで一緒に年越しをすることになったのだ。

喪中だということは気にしないことになり、ごく普通に正月を迎えるための準備をしている。自分のせいで彼が最後の実習を受けられなかったことを気にしていた周は、教室のメニューにあった鶏と帆立の塩麹《しおこうじ》焼きと、海老《えび》の利休《りきゅう》揚《あ》げ、鶴芋《つるいも》、そして麩《ふ》の含め煮を、デモンストレーションなしで作りながら教えた。他にも、以前教えた梅花ニンジンや紅白なます、茶碗蒸《ちゃわんむ》しも用意する。

「和子さん独りで紅白観てるけど、いいのかな?」

「うん、いつもこんな感じだから大丈夫。お目当ては前半だしね、むしろ独りで集中して観たいと思う。あ、祝い箸《ばし》買うの忘れちゃった……去年買ったのまだあったかな?」

おせち料理を作りながら、周は背後の食器棚の抽斗《ひきだし》を開けて祝い箸を探し始めた。

今作っている料理以外にも重箱に詰めた物があり、さらに年越しそばと、それに添えるための海老天の用意もしてある。完璧《かんぺき》に準備したつもりだったが、祝い箸がないと恰好《かっこう》がつかない。それにおせち料理の意味がなくなってしまう。

「紅白の前半が目当てなんだ？　うちの母親は後半を楽しみにしてたなぁ……やっぱあれかな、仕事してるお母さんは感性が若い感じ？　周さんのお母さんシャキッとしてるし」

「光司《こうじ》くんのお母さんは優しそうな感じだったよね」

気を抜くと「夏川さん」と言いそうになる周は、意識して「光司くん」と呼ぶ。

夏川が生徒ではなくなったこともあり、お互いに名前で呼び合うことにしたのだ。

もちろん周は呼び捨てにしていいと言ったのだが、体育会系の彼には、年上の周を呼び捨てにするのは無理らしく、結局「周さん」で落ち着いた。

「おっとりした専業主婦だったからね。その代わり姉貴は結構きつかったよ。ガキの頃は弟なんかパシリとしか思ってないし。あ……でも試合には差し入れ持ってきてくれたな。お前の姉ちゃん美人だなとか言われてもさ、自慢に思えなかったんだよね。ガキの頃ってなんかそういうの恥ずかしくてさ……来んなよとか言っちゃって」

夏川は使った鍋《なべ》を洗いながら、「姉貴の目の前で、自慢してやればよかった」と呟《つぶや》く。

彼から遠慮しないように言われている周だったが、家族の話をするのは些《いささ》か緊張した。

しかし夏川にしてみれば、亡くなったという事実について触れたくないだけで、家族の話をしたくないわけではない。誰からも気を遣われて話題に出す機会がまったくない今、積極的に話したいくらいなのだと彼は言っていた。

夏川いわく、今でもまだ、家族は転居しただけ……という感覚は残っているらしい。

それが自分の心の防御壁であるなら、無理に取り払わなくてもいいと彼は思っていて、それは周も同じ考えだった。

事実を誤認しているわけではなく、今はまだ心の安寧を求めているだけのこと――亡くなった人が天国や極楽浄土で幸せに暮らしていると考えるのと、大差はないのだ。

「あ、祝い箸あった」

「寿って書いてあるやつ？」

「そうそう。これは寿とは書いてないけど、ちゃんと祝い箸だよ」

周は料理教室の最後の実習で説明したことを思いだしながら、夏川に箸を見せる。

金の鶴が描かれた赤と白の和紙の袋から、中身をシュッと引き抜いた。

「ほら見て、どっち向きに持っても食べられるようになってるでしょ？」

「ああ……それって何か意味あったの？」

「片方は自分で、片方は神様が食べるためなんだよ。霊木とされてる柳で出来てるんだ。おせち料理は年神様をおもてなしするものだからね。そうそう、涼しい所に置いておこうなんて思って、重箱を玄関に置くとかしちゃ駄目なんだよ」

「あっ、食い逃げされちゃうから？」

「食い逃げって……っ、うん……まあそんな感じ。おせち料理は家の奥のほうに置いて、年神様をきちんと招いてから、祝い箸で一緒に食べて幸せをいただかないとね」

「へえ、なんでもちゃんと意味があるんだな」

「ちなみに海老をよく使うのは、長い髭《ひげ》と丸まった腰が長寿に繋《つな》がるからなんだよ」

「ほうほう、なるほど。じゃあ俺達もそうなるまで一緒にいましょう」

「……っ！」

洗い物を終えた夏川に腰を抱かれ、周は箸袋をくしゃっと握ってしまう。

エプロン姿の彼は、周との関係を修復するなり元気になって、この一週間は多忙だったにもかかわらず肌の色艶《いろつや》がとてもいい。今夜にしても、つい先程まで百貨店で応援業務をしていたのに、頗《すこぶ》る元気だ。

「キスしていい？」

「――軽く、なら」

周は開きそうにない和室の襖《ふすま》に視線を向けつつ、夏川と唇を合わせる。

耳を澄ましながらの軽いキスは、本当に軽過ぎてくすぐったいものだった。

結局物足りなくなり、襖が開いても死角になる位置に移動して、もう一度キスをする。

「周さんと一緒にいると、生きててよかったって何度も思う」

「光司くん……」

「『先生』してる時の周さんも、料理を作ってる時の周さんも好きだけど……親のことを凄《すご》く大事にしてるところが特に好きなんだよね。だからいつか……」

夏川は正面から周の腰を両手で抱いて、頬《ほお》に唇を寄せてきた。

音もなく静かに押し当ててから、「いつか……」と、もう一度口にする。

「俺が本当の意味で自立したら……その時は周さんと暮らしたい。許してもらえるなら、お母さんも一緒に」

「……っ、え？」

「淋《さび》しいから甘えてるとか、疑われないくらいになってからね。今は自分でもそういうの自覚してるから駄目だけど……俺は大事な人をちゃんと大事にするって決めたから」

「う、うん……」

「周さんは逃げないで、俺に大事にされて――」

夏川は切なげに告げたかと思うと、すぐに晴れ晴れしく笑う。

その言葉と笑顔を、周は真《ま》っ直《す》ぐに信じることができた。

幸せを呼ぶ箸を握りながら頷《うなず》き、約束のキスをする。

先のことはどうなるかわからないからと、考えないようにしているわけではない。

今は夏川との未来を考えていた。地に足のついた、幸福な夢を見ている。

この先もずっと一緒にいて、新しい家族として暮らす日々を――。

あとがき

はじめまして、またはこんにちは、犬飼《いぬかい》ののです。ホワイトハート様では四冊目の本になります。お手に取っていただきありがとうございました。

料理教室ネタを書くために取材に行こうと思い立ち、友人を誘って半年間のつもりで通い始めた料理教室でしたが、二年目に突入しました。

本書に出てくるコースの雰囲気は、私が最初に受講したコースの印象で書いています。超初心者向けのコースではなく、一つ上くらいだと思ってください。限られた時間内に三～四品作らなければならないので、なかなか忙しいコースでした。原稿で一睡もせずに出かけていって貧血でダウン↓教室に到着したけど受講はできずに欠席し、友人が作ったちらし寿司をもらって帰るだけ。なんてこともあったりして。

結局二年目はランクを落としまして、超初心者コースでゆるっと楽しくやっています。私の場合教室そのものよりも友人とのお茶や買い物が目当てで、受講時間よりそちらのほうが長かったりしますが。

作中に出しましたケイパーたっぷりのサーモンのマリネとレモン過多なイカの塩辛は、

私にとっての愛情レシピだったりします。我が家のおふくろの味です。自分でも作れたらいいのになぁと思いつつ、手際よくイカを捌《さば》ける自信がなくて……。この本が出る頃には作れるようになるのが目標です（今決めた）。頑張ります！

キャラクターについて。本来は俺様系のゴージャスな超美形攻めが好きで、腹黒なハリウッドスターとか、軍服風の黒隊服を着て黒馬に跨《またが》る極道兄さんとか大好物なんですが、それとは別に好きなのがほがらか清爽《せいそう》系。今回の夏川《なつかわ》くんタイプです。

色々あって少し病んでいますが、本来はとても明るく元気な人なので心配要《い》りません。先生がいれば大丈夫です。しかし先生もおとなしそうな顔して突飛《とっぴ》な行動を取るところがあるので（それでこそ私のキャラクターなんですが……）、よく話し合って上手《うま》くやってほしいなと思います。

彼らが観ていた映画の主演俳優は、『不夜城のシンデレラ』の攻めで、葉山蒼一《はやまそういち》といいます。日本人ハリウッドスターとカリスマホストのキラキラゴージャス話、ご興味がありましたら是非よろしくお願いします。そしてシリーズ物の『ブライト・プリズン　学園の美しき生《い》け贄《にえ》』や、人外物の『悪しく妖しい従属者』もよろしくお願いします。

最後になりましたが、本書をお手に取っていただき本当にありがとうございました。
そして香林《こうりん》セージ先生、イメージぴったりの素敵なイラストをありがとうございます。プロット段階から先生のイラストのイメージで書いていましたので、こうして形になって大変うれしいです。関係者の皆様にも、心より御礼申し上げます。

二〇一三年八月　犬飼のの

＊本作品はフィクションであり、実在の個人・団体・事件などとは一切関係がありません。

『料理男子の愛情レシピ』、いかがでしたか?
犬飼《いぬかい》のの先生、イラストの香林《こうりん》セージ先生への、みなさまのお便りをお待ちしております。

犬飼のの先生のファンレターのあて先
〒112-8001　東京都文京区音羽2-12-21　講談社　文芸図書第三出版部「犬飼のの先生」係
香林セージ先生のファンレターのあて先
〒112-8001　東京都文京区音羽2-12-21　講談社　文芸図書第三出版部「香林セージ先生」係

N.D.C.913　254p　15cm

犬飼のの（いぬかい・のの）
4月6日生まれ。
東京都出身、神奈川県在住。

Twitter、blog、携帯サイト更新中。

講談社X文庫

white heart

料理男子《りょうりだんし》の愛情《あいじょう》レシピ

犬飼《いぬかい》のの

●

2013年9月5日　第1刷発行

定価はカバーに表示してあります。

発行者——**鈴木　哲**
発行所——**株式会社 講談社**
東京都文京区音羽2-12-21 〒112-8001
電話 編集部 03-5395-3507
販売部 03-5395-5817
業務部 03-5395-3615
本文印刷－豊国印刷株式会社
製本———株式会社千曲堂
カバー印刷－半七写真印刷工業株式会社
本文データ制作－講談社デジタル製作部
デザイン－山口　馨

ISBN978-4-06-286778-8